몽유진도夢遊珍島

문학들 시인선 004

박남인 시집

몽유진도 夢遊珍島

문학들

기억을 까먹는 일은 안타까움과 자책이 된다. 그러나 한 편으로는 안도가 된다. 기억에 사로잡혀 앞을 제대로 바라보지 못하는 우를 덜어 준다는 생각 때문이다.

살아온 기억들을 다 지울 수는 없다. 기억도 넘기거나 나누어야 한다. 홀로 너무 깊이 새겨지면 상처가 된다. 트라우마로 작용된다.

시를 쓰는 것도 사실 기억의 형상화이다. 나는 쓰기보다는 그린다. 공감각의 공간에 색과 향을 덧붙이고자 한다. 물론 내 방식의 불협화음을 슬쩍 끼워 놓기도 한다. 어색하지만 누군가가 다시 음률을 다듬어 독화를 할 것이라고 믿는다. 아니 기대한다.

시 한 편이 내 삶의 편린이 아닌 전부처럼 다가왔으면 한다.

나는 얼마나 오랫동안 현실이라는 세상에 단단하게 발

을 딛고 살았는가 자문해 보면 우울해진다. 수치스럽기까지 하다. 어쩌면 그저 이 소중한 시간들을 허정허정 몽유한 것은 아닐까 자책한다. 시 또한 그렇다. 살아서도 중음신의 신세를 자처했으니 술도 밥도 제대로 소화될 리가 있겠는가. 그래도 가끔 눈물이 있었다. 막연한 두려움에 사로잡혀 현실을 제대로 보지 못하는 게 습관이 되다시피 했다. 아직도 내 시는 평면에 불과했다. 꿈을 꿈처럼 그려 보지 못하고 현실을, 사실을 사실답게 직시하고 통유하지도 못했으니 무슨 감동의 물결 따위를 세례 받을 수 있을 것인가.

　그래도 나는 습관처럼, 기꺼이 주홍글씨처럼 시를 쓴다.

2020년 봄
박남인

차례

제2부

제3부

제4부

제1부

눈부신 깨달음이 올 때 강을 건너야 한다

한때는 내 아들도
공룡처럼 걸어 다녔다
아무런 의심도 없이
한 방향으로 직립보행을 배우던 시절
그는 거대한 꿈이었다
나는 기꺼이 가슴에
그 발자국을 얼마나 새겼던가
생은 그렇게 습기 젖은
이 지상에 단지 낙인을 찍는 것
우항리 공룡들이 걸어간
그 바닷가를 떠올리면
—우항리 공룡들은 어디로 걸어갔을까

나도 모르게 강을 건너왔다

나는 가장 먼저
내 가슴으로부터 추방을 당했다
수없는 고문을 지우기 위해
술이라는 적을 사랑하고 말았다
세상은 그저 비워야 할 술잔이었다
내 손을 잡아 주지 않는 그녀
하루 종일 눈빛을 비울수록
텅텅 밀려오는 바다
나는 노래로부터 버림받았다
마침내 술잔으로부터 버림받았다
시간의 동아줄이 풀리면서
꽃씨들이 입을 다물었다
팔뚝이 묶인 하얀 침대 위에서
벌떡벌떡 마른 백합꽃으로 뛰었다
깨어진 글자들이 철조망을 쳤다
어둠 속에서 갈증이 찾아왔다
더 이상 숨을 곳이 없었다
더 이상 사랑할 곳이 없었다
나도 모르게 강을 건너왔다

또 바다가 다가왔다
아내였다

관사도 1

모래물에는
흑염소가 높은 산 바위틈에 살았다

고구마 순을 심고 물이 쓰면 톳을 뜯었다
봄이면 한가로운 바둑판이 어우러졌다

태풍이 지나가면 전기가 자주 나갔다
사람들도 겨울이 오기 전 섬을 떠나갔다

양아들로 출가한 스님은 해마다 초겨울이면
달력 한 보따리를 들고 와 늙은 어머니께 안겨 주었다

낚시를 즐겨하던 전도사는 발동기배를 타고
면 소재지 장에 간 호미허리 자매들을 실어 날랐다

샘물이 마르고 미역줄기가 담을 넘는다
벙구나무 잎이 성하면 칠산 간 남정들이 돌아왔다

진료소 아내는 하얀 염소가 되었다

고무신으로 암소 태를 끊었다

빈 점방에는 고양이가 낮잠을 잔다
흰 모래밭에 비둘기가 그림을 새긴다

벗나무 꽃길

바람이 묻는다
어머니 이름이 둥둥 떠다니는 비끼내
이 남쪽의 마음 하나
왕무덤재 지나가 보았느냐
바람이 또 묻는다
우화루에 가 보았느냐
벗나무에 꽃이 피었더냐
서혜부 탈장 수술하고
퇴원해 백팔 배에 매달리는
나에게
웬 시샘처럼
자꾸 바람이 묻는다
벗꽃 길을 가 보았느냐
운동화만 다녀오고
나는 막걸리 술잔에서
붕대를 풀고 있었다
바람에게 묻는다
범종각 맥놀이를 만났느냐
꽃잎이 콧구멍을 뚫은

소 한 마리를 보았느냐
영등 바다로 달려가는
뽕 할머니 며느리
치맛바람에 묻는다

나는 술집의 어린 사내였다

나는 술집의 어린 사내였다
진달래가 피면 진달래 같은 술잔 속으로 숨는
술집의 사내였다
혼자 가는 집 바람이 데려다준 집
저만치 달을 떼어 놓고
날마다 각질이 벗겨지는 참나무처럼
통장 무더기 가방에 기대어
저녁잠에 취한 아내를 빠져나와
기억하는가 기억하는가
진주식을 알지 못하는 나는
애써 허수경의 시 제목을 읽는다
읊는다 익어 버린 복숭아 울음이다
똑같이 되지 못하는 슬픔과 사랑을
기다림 같은 것으로는 만날 수 없는 그대
나는 아침부터 술집의 사내였다
감나무가 휘청거리며 해를 가리고
내 영혼은 오래되었으나*에
홀로 비우는 잔으로 방점을 찍는다
어차피 노래들은 바람이 나

짓봉산 산타령 갈퀴나무 하러 떠났다
나도 그대에게 길들여지고 싶었다
아침의 술잔 따위로 지나간 별을 헤아리다
나도 한때는 술집의 사내였다
홍범도를 흉내 내며 바닥에 엎드리거나
어머니가 절대 안 물려준
비끼내 절 밑
하루 종일 막걸리와 낡은 파리채
술집의 술 동무 사내로 살았다
오래된 것들은
내 영혼을 떠났으니
―련개주점

* 허수경 시집 『내 영혼은 오래되었으나』 표제작의 한 구절.

관사도 2

어느 가을 첫 무렵
교육청 출장소 배 타고 물결 흐르는 대로
서른세 살 인생 흐르는 대로
처음 찾아간 섬 모래섬
옛날 마장터 목장을 관장하던 관청도였다는 섬
딱 2년을 거기서 살았다
고운 모래 속에 스미는
맑고 잔잔한 물살처럼 시간은 더디고
아내는 분교 옆 진료소에서
호미처럼 굽은 할머니 등을 주물렀다
남과 동으로 모래미와 짝지몰
아이들은 모두 아홉 명
밤이면 별빛의 세례를 받는 성스러운 침례교회
전도사와 진료소장 아내와 교사와 경찰관 출장소
출입항 선박 신고담당 어촌계장
대마도와 소마도가 눈앞에 떠다니고
볼뫼라 불렸다는 관매도는
그저 풍란처럼 하얀 안개로 다가올 뿐
가끔 외병도 바다에서 시체와

멧돼지와 구렁이가 떠내려오지만
은혜로운 햇살과 물살과 갯닭이 돌미역
참 복 많은 나는 선착장 노두에
뜰낚시 찌처럼 건들건들거리다가
오후엔 진료가방을 메고 막대기로 풀을 흔들며
반 오 리 산길을 넘어 출장 진료를 다녔다
아내가 마을 회관에서 관절염 약과
주사를 놓는 동안
갯고둥과 돌기 톳나물 안주로
동네 노총각들과 소주를 마셨다
이틀에 한 번 면 소재지 우체국에서
신문 편지 소포보다 훨씬 많은 부식 봉지
소주 짝, 가용품들을 실은 배가 다녔다
꽃게파시가 선다는 섬등포는 지척이었다
해변산중 관사도 처녀들
모래 서 말은 먹어야 시집간다는 섬
낚시꾼들에 소문난 양관녀, 전복섬 주도
소 한 마리 고구마와 보리농사가 전부
까만 멤생이들은 산꼭대기 바위에서

한겨울에도 내려오지 않았다
늘 손가락질로만 저것이 우리 것이여
온 동네가 식수로 쓰는 우물 하나
나는 늘 좌변기에 바닷물을 채웠다
겨울밤 전기가 나가면 적막강산
보일러 순환 모터를 사러 읍내까지 다녀와
서투른 솜씨로 교체도 해 봤다
나는 심부름꾼이었다 술꾼이었다
밥상까지 모래바람이 들락거리고
가장 성스러운 곳 구원의 손길이 닿는
교회와 보건 진료소가 은혜로운 섬
바지락같이 작은 무덤들
제삿날이 똑같은 집이 수두룩하고
비끼내 아버지 어머니가
꼭 한 번씩 다녀가시고
목포에서 하루 한 번 오후에 닿는 배
닭섬 라배도 동거차도 맹골도 미역섬 서거차도
하룻밤 자고 아침에 올라오는 여객선은
하조도 어류포를 들러 가사도를 지난다

그다음 해 가을 우리는 상조도로 옮겼다
선생도 전도사도 제 몫의 시간을 비웠다고 한다

부처님을 부탁해

진눈깨비가 다리를 건너간다
토판에 온 하얀 흙 소금이 되리라
어머니가
뜨거운 팥죽 김 뒤로 사라지던
어느 새벽을 둘둘 말은 달력 하나
달빛이 풍풍 빠지는 불일암
흰 소가 되어 도량송을 흐느끼리
들리지 않고 보이지 않는 허공의 다리 건너
세상과 여자를 버리지 않았다
집 떠난 행려보살 흉내를 하며
우수영 장터에서 부처님이 울먹인다
일부당경 일부당경* 사내들과
밤마다 강강술래를 하던 누이
숭어처럼 튀어 이 품으로 돌아와
식은 국수 한 사발 비우고 가라
허물어진 골목 끝에서
몇 번이나 그림자는 휘어지고
곱게 말아 놓은 세월 저쪽
진눈깨비가 쌓인다

자작나무

한 그루가 건너오고 있다

* 일부당경(一夫當逕) 족구천부(足懼千夫) : 이순신 장군의 말로 '한 명의 병사가
  길목을 막으니 족히 천 명의 사내가 두려워한다.'는 뜻.

내 안에 강 하나 흐르고

그 마을에 오래전 점방이 있었다
늙수레한 뼈갈퀴 손이라지만
이 산 저 산 골짜기 새순 잎사귀
뻗쳐 버린 벙구잎, 가시 난 두릅
취나물 고사리를 슬쩍 주물주물
집 된장 한 숟갈, 오래 묵힌 간장
동백꽃 노란 향이 스며들어
절집 불자들이 좀체 일어나질 않았다
남농의 삼송도가 복사판이라지만
남도주막의 운치 더해 주던
이 산 저 산 꽃은 피어나니
분명코 봄이로구나 육자배기
칠순 주모 마른 젖가슴에 달라붙던
그 마을에 오래전 점방이 있었다
제조 일자에 파리똥이 앉은 과자들은
바람결에 잠시 뒤적거리지만
앞산 진달래도, 진달래처럼 이뻤던
장가 시단이 코빼기도 없는
연자방아 집, 외상 장부 이름들은

산벚나무 양지 바른 곳으로 이사를 갔다
산골에 산다고 깔보지 마라
호걸 장비처럼 웃음소리 치던 장기판
막걸리 잔이 철철 넘치던 집
옥순봉 구름 연운공양 올릴 때
반야심경 주물럭주물럭
내 어미는 평생 못 부른 노래
햇살 좋은 장독대 항아리를 문지르실까
목련나무 그늘이 해마다 커지는 마당
그 사월에 오래된 점방이 있었다

해자네 점집

시집을 받는 일이 높새바람을 맞는 듯하다
광주 사는 김완 선배가 지방선거를 앞둔
며칠 전 바닷속에는 별들이 산다*라고 속삭였다
언제 천안으로 부표를 옮긴 김해자가
'해자네 점집 김해자'**표 택리지 시집을 보냈다
진도에서 산다는 것, 팽목항이 너무 가까운 섬
누런 울금으로 간을 다스리며 몸을 말린다
생각해 보니 해자는 그 몸이 점집이었다
절대 미네르바의 부엉이 같은 생리가 없었다
그 따스함이 청천동에서 골목집에서 무주 진안
어디를 가도 아침의 꽃처럼 예지를 피웠다
누님이, 언니가 된다는 게 그리 쉬운가
먼지투성이 세월을 미싱 바늘로 깁던 해자
저 깊은 바닷속에서 별이 되어 잠든다는 것
다치지 않게 세상을 주시하면서
순발력을 연마하는 메타포의 천재들이여
해자네 점집 앞에 백팔 경배를 하라
김완의 병원에서 심혈관을 체크하라
이제 시들은 자신에게만 혹독하게 치열하고

모든 사유는 태풍의 눈으로 잠긴다
어디선가 해자가 했던 말
'내가 만난 사람은 다 이상했고
모두가 인연을 따라 나에게 왔다'라고.
십여 년도 더 지난 어느 초봄 밤에
아내와 그 친구 함께 무진장 산길을 찾아 올라
외딴집을 찾았을 때 문을 열고
'너 종호 아니야?' 참 점쟁이더라!
나도 머리맡에 막걸리 두 병을 심는다

* 김완 시집 『바닷속에는 별들이 산다』
** 김해자 시집 『해자네 점집』 해자 씨의 목소리에는 가끔 섬진강의 물빛이 흐르
기도 하고, 더 외롭고 더딘 삶들을 만날 때면 지천태의 점괘를 풀어놓는데, 사
실 영산포 황포돛대 떠나간 옛 항구에 오래 달라붙은 바람, 그 바람에 스민 홍
어처럼 삭힌 노래들이 괘사를 이룬다. 서러울 것도 돌아오지 않는 물길도 밤 깊
으면 다 별빛인데, 해자는 모든 부조리들이 건너오지 못하는 그런 해자이다. 노
동이 한 번도 신성하게 대우받지 못하는 세상을 저 깊고 놀라운 듣기만으로 세
례를 주는 그 점집 김해자.

지운, 세방낙조

물론 세방낙조의 노을은 당신의
치맛자락이었소
나를 만나기 전에 초경이 다 터져 버린 소녀의
거울이었소
아카시아 꽃들은 후욱후욱 그 밤에도 너무 더웠다
금방이라도
당신의 숨결에 닿을 것만 같은 길을 걸었소
모든 새벽이 열리기 전에
또 하나의 침례를 서두르는 장죽수도 건너
거대한 진수식을 반복하는 가사도가
잘 길들인 산괭이 군무를 풀어놓는다
수시로 약속을 하는 자들은 가장 익숙한 곳에서
길을 잃는다
마치 그녀의 남도 사투리 문장처럼
문고리를 더듬을 때마다 해가 빠져나갔소
몇 가지 시대의 부호를 띄워 놓은 찻잔
초의는 먹빛의 말을 아끼었지만
아침 노을을 즐겨 걸치고 가부좌를 틀었소
인왕산 아래 신관호를 만날 때도

속된 욕으로 법거량을 하며
오미의 차를 나누던 추사의 어눌한 향은
세 번씩이나 제주 바다를 건너갔었소
동백골 아래 자운토방 살던 곽의진
강계 정심이 실팍한 궁댕이만
굵은 필선으로 밑그림을 남겨 놓고
팽목항 솔바람으로 잘도 달음질하던
고운 스카프에 감겨 버렸소
터지지 않는 꽃은 심혈관을 터트렸다
바다를 건너는 배가 흰 질베에 올랐다
씻김이라니
세상 어디에서도 노을은 진다
아카시아 꽃이 지는 것처럼

입춘

지난 한 달 동안 눈은 내리지 않았다
도솔암 주지가 된 스님과 정년을 마친 벗들
언제나 소식들은 전화기 속에서만 웅웅거리고
내가 9년 동안 걸어 다녔던 동외리 성죽굴
80년에 죽었다는 죽심이가 가끔 걸어 나온다
그녀의 낡은 안경알 속 세상은 늘 흐렸다
문지를수록 비명이 부러진 상처와
산속 그녀와 살았다는 평안도 출신 떡보의
장날 지게 꼭대기에 꽂히던 진달래가 필 것 같았다
대나무처럼 곧은 마음으로 살아라
오월의 거리에서도
까만 외투를 즐겨 입었던 동냥 앉던 죽심이
눈이 녹으면 산털이를 하던 경찰 군인들
먹바우 수리봉 아홉 고개 나뭇꾼길
향기들은 아무런 추억도 붙잡지 않고
고개마다 땅속으로 숨어 발가락이 얽힌다
푸른 보리밭을 꾹꾹 밟고 싶은데
눈은 좀체 내리지 않고
물소리는 점점 바람 아래 긴 매복에 들어간 듯

내가 한 시간 반 넘어 걸었던 길은 덮였다
아내의 심장은 언제든지 차갑게 멈춘다는 부정맥과
무슨 떠도는 불과 싸우기 위해 마신 세월의 경화증이
입춘방으로 걸린 집 앞에는
날마다 저승꽃이 피어나는 어른들이
노인 복지관을 찾는다

끝없는 환영

분명 꿈이었다

어딘가 골짜기 아래 새로운 집들이 들어서고

형들은 멧돼지가 멱을 감은 한 뙈기 다락논 가운데

헌 옷으로 깃발을 세워 달았다

멀구 열매가 까맣게 덮은 먹바위 너머에는

수행처럼 묵화를 그리던 화가가 살았다

피난쟁이들이 내 꿈속에 자주 집을 지었다

어머니 종아리에는 파란 거머리가 살았다 꿈틀거리며

내 눈 속을 금방 파고들 듯했다

그것은 금방 칡넝쿨이 되었다 내 입은 뱀처럼 날름거렸다

나는 밤마다 꿈속으로 도망을 갔다

수묵화처럼 풍성한 흑백의 마을

아무렇지도 않게 상처 난 친구들이 비스듬한 대문 옆에

서 나를 반겼다

보리밥 소쿠리는 즐겁게 흔들거렸다 장롱 속으로 숨는

아이들은 없었다

꿈이 나를 반겼다

어머니가 직접 갈아 담근 화랑기 젓갈

소주 대신 한 되짜리 병에 이고

화순 너릿재 이씨 제각으로 걸어오던 길에는
노루가 시건방지게 낮잠을 자곤 했다
닭 한 마리 마당에서 쫓아낼 때도
온갖 욕을 내던지시던 어머니
막걸리 잔에 앞산 나무 이름과 묘지를 외우시던
아버지는 자주 속바지에 오줌을 흘렸다
빈집에는 이야기도 들어오지 않는다
아무리 칼칼하게 애숙이 동생은 청소를 하지만
감나무는 감나무 기억을 풀어놓지 않는다
쿵 하고 머리를 쥐어박을 것처럼 하늘만 쳐다본다
아내는 뒤안 잿더미 속 솔잎을 솎아 낸다
분명 꿈이었다 아직도 젓갈 한 병 머리에 이고
어머니가 저수지 둑길을 걸어오신다

구실잣밤나무 숲

나는 겨울을 두려워하지 않는다
눈이 내리면 더 따뜻한 숲이 있기 때문이다
옛 숯가마 터를 따라 산길을 오르면
후박이나 생달 동백나무 옆에
부러 잎사귀들을 적당히 떨구어 놓고
짐짓 씨앗을 드러내지 않는 나무숲과 만난다
추울수록 사람들은 더 멀어지지만
제자리에서 서성거리지도 않고
'짝짝' 간결한 소리들을 절 고랑에 흘려보내며
한 뼘 발돋움으로 봄을 기다리는 것
분명 그 겨울부터 어떤 예감으로 숙면한다
삶의 몇 고비마다 서둘러 뿌리를 자르고
조급하게 산 밑을 오가는 이들에게
아무런 조언도 향기도 쉬이 건네지 않아도
태풍이 오기 전 모두 결사를 맺고
황금의 꽃을 피우지 않는다
약속이란 온몸에 결을 새기는 것
구실잣밤나무 숲이 있는 봉화산
동백꽃이 겨우내 한목숨 피고 지고

철따라 운수납자들 절을 떠나도
이런저런 인연들 다 구슬로 내려놓아
기억에만 사로잡히지 않는 나무들이
가장 먼저 아침을 맞이하는 그 숲
구실잣밤나무는 아무도 두려워하지 않는다

노화도

기억이 얼마나 징그러운지
한 번쯤 그물망 같은 세상을 벗어나
그래 섬으로 가자
땅끝에서도 등짐을 풀지 못해
노화도를 건너간 적이 있지
석준이 선배가
시 따위에 눈을 뜨지 않았던지
송지고등학교 국어 선생으로 복직해
아무거나 안주를 시키던 밤
기념사진들이 파도에 인화되고
흔들린다는 것
그림자도 무거워지던 곳
꽃 여행을 꿈꾸며 노화도를 건너갔지
지나온 날의 뱃머리에 부딪히던
몇 가지 잠언들을 꺾으면서
나는 더 이상 기울어지지 않겠다
갈대들의 그늘을 헤치며
전복 양식을 한다는
노화도

벌써 머리가 희끗거리는
후배 친구를 만나러 갔다
바다 한가운데 가두리 어장에서
막 건져 올린 전복들은
한 번 떼어 놓으면
힘을 못 쓰고 흡착력을 잃었다
여기저기 둘러앉은 섬들은
소안도 만세 소리 물결
붉은 노을에 발을 씻었다
뒤늦게 치패 구입금으로 뛰어든
노화 토박이는
해마다 수온이 높아지자
내심 바다를 떠나고 싶었지만
비쭈개로 누룽지 긁던
오래된 그 징그러운 기억이
그를 꽉 붙들고 놓지 않았다
엇갈린 꿈들이 엎질러지고
갈대꽃 축제는 뿌리부터 젖는데
노화도

나는 그날 밤 갈참나무 아래
수원에서 고향을 찾아온 이학이
담장만 남아 마당에 쑥을 키우는 옛집
서걱서걱 모래바람에 떠밀리며
놓아 놓아줘 제발 놓아두란께
아버지는 간경화 문패를 달고
제주도 어디 공사판 목수를 한다는
소문들을 긁어 덮어 주며
사그라든 불씨처럼 남은 친구집을 나와
노화도 새벽 까끔에 누워
별도 세월도 좀체 떠오르지 않고
꺾어진 갈대허리 시늉을 했다

어머니

봉화산 어깨 위에 사는
사월의 산철쭉 향기를 사고 싶다
속저고리로 두른 신우대 바람
그 속에 살던 젊은 숯쟁이들
푸른 꿈들을 사고 싶다
먹바위 드러누우면
운림산방 연못 기웃거리는
학정봉 흰 구름도 사고 싶다
두릅나무 벙구나무 찾아 헤매던
가쁜 발걸음을 사고 싶다
버들가지 흔들며 찾아
빈집 마당 민들레
반 고흐 아를르의 별무리
몸 낮춰 흐르는 물소리 건너
수선화는 다 지고
어두운 기억들과 욕망
사고파는 속절없는 세상에
주인 없는 그 봄을 사고 싶다

제2부

가을 햇살

오후 다섯 시 삼십 분 이른 퇴근길
동네 어르신들을 만났다
초등학교에서 한참 떨어진 보도블록에 앉아
반갑게 불러 세운다
여보게 진도개요 진돗개요?
여든넷 전직 지방주재기자와
아흔둘 전직 노인회장님이 묻는다
진도개를 풀어놓지 맙시다
아침저녁으로 방견 캠페인이
노인 일자리 힘들게 어깨띠 두른다
천연기념물 53호와 인간경로문화재
외래견은 진돗개로 표기한당가
군수도 멈칫하는 토론회가 열린다
가을 햇살이 굽어진 등을 감싼다

세방낙조

진도 여자들은
걸어가다가도 소리를 친다
오메 산이 걸어가네
걸망산 용장마을 지심뫼
어째 애기 밴 여자가
쳐다보면 산이 멈추는 걸까
도사도 소매를 털고 돌아가는데
분홍치마가
가사도 바다에 물든다
소리 질러 산을 부른다는
진도 여자들은
제 소리에 놀라 애기를 낳고
바다도 흥청흥청
흥타령에 노을을 건넌다
누군들 차마 눈물을 지우랴
세방리 바다에 뜬다는
동백 처녀 주지도 장삼도
부처섬 손가락섬 발가락섬
등신공양 보석이 된 섬

휘청휘청거리는 백수광부
마침내 그 바다를 건넜을까

만정상회

바람은 어디로 불어 가는지
열흘장터 십일시 지나 송정마을
만정상회 앞에는 늘 두 개의 길이 놓여 있다
아침이면 담장 너머 희야산이 넌지시
산양 떼를 피워 올리는 풍광을 안고
예순 해 전통을 명조로 새긴 만정상회
그림자 없인 나무 의자 혼자 흔들거리며
아무래도 궁둥이를 붙여 골똘한 궁리와
판단이 필요하다는 듯 두 갈래 길을 선뜻 내보인다
이정표라야 멀쑥한 소나무 몇 그루
뒷동산에 숨은 전주 이씨 홍살문도
좀체 내력을 밝히려 들지 않는데
문살보다 더 야위어진 유리창 안엔
아이 손님네 기다리다 잠든 과자 봉지 옆
팔순을 넘긴 이시휴 씨는 이곳에
반복하는 절호의 때와 휴식을 묵묵히 심었다
한숨도 오래 흐르면 노래가 되듯
왼편으로 돌면 여귀산 자락 국악원이 들어서고
또 한 길은 저무는 해를 따라 바다에 젖는다

도화꽃 세상을 그리며 남도석성을 찾아
배중손의 말발굽이 지나갔던 이 길
망설임도 없이 내달리는 속도에 떠밀려
만 가지 정을 다 나누었던 이 상회도
문턱은 더욱 낮아졌지만 작은 소문 하나
쉬이 넘어오지 못하고
누른 벽지 가득한 사연 밑반찬으로
세상을 마주해 밥상을 차린다

옥천극장 沃泉劇場

극장이 다시 들어섰다
사람들은 40년 만이라고 흥분을 숨기지 않았다
무협 활극의 시대는 지났는데
개봉작이 주먹질이 난무해 봄꽃이 무색해졌다
조연급 밀정이 극사실적으로 열연하고
가위질이 당연한 방영 불가 작품이 버젓이 공개되었다
극장 설립에 큰 공로를 끼친 할머니의
흉상이 동외리 시가로 옮겨 갔다
필름들은 대부분 별빛이 난무하고
명량의 호국 정신이 전우의 시체를 넘고 넘어
다냥 야자수 아래의 로맨스가 돌아간다
옥천극장 자리에 진도노인회관이 들어섰다
금색 배지가 박힌 모자를 쓴 역전의 용사
복지회관에서 점심을 때우고
추사체 붓질도 배운다
노인회장선거는 그야말로 전투다
철마고지 포연 속을 군수가 더 초조하니 관망한다
누구나 70mm 초대형 시네마스코프
영화 같은 인생을 살았다

젊은 것들은

어저께만 해도 기생충들이었다

층마다 화장실은 수세식 멋드러져

암모니아 지린내도 안 나는데

역사의 주인공들이

자꾸만 옷소매에 코를 맡으며 들어선다

다시래기 최홍림전

그는 늘 내게 밀물이었다 아니 개울이었다

개울길을 힘차게 오르는 숭어였다 뻘 속에서 더 빛나는 비늘이었다

가만히 누워 생각하면 쓰다 만 소설과 시의 사잇길에서 눈을 껌벅껌벅거렸다

산밭에 지초밭을 일군다고 늘 바닷가, 들썩이는 그 물결 따라

흥그레 다시래기 춤을 놀았다

지산면 금노리 동백사 전설이 졸졸 흐르는 지력산 골짜기 아래

보라색 벽지 경매집에 풀과 곰팡이와 농민의 소리와 살았다

상갓집을 주 무대로 산다는 것은 지겹게 놀라웁게 즐거웠다

땍땍이 형수는 더 천하태평이었다 걸망산 지초밭이 썩어 문드러졌지만

딸네들은 수원으로 가 자식 낳고 두 부모를 불러들였다

아차 그는 젊은 날 대양을 누비는 외항선 주방 조수도 했다

아무리 세상이 뒤집고 쏠려 가도 그는 들물이었다 흔들
흔들 보릿대춤으로

가난도 설움도 흥그레 타령에 그칠 뿐이었다

온갖 잡놈들이 초상집 저녁을 뒤틀린 소리로 수놓는 다
시래기

땡중이 봉사 마누라 배때기를 감싸면 상주 설움도 달빛
에 녹았다

저믄 바다 밀리고 밀려오는 갈포래처럼 살았더라면

눈 나리는 조금장날 소전 막걸리에 전어 냄새에 한세상
취했더라면

허튼 장단에도 바른 목청 홍게가 박힌 눈 가두선전 농사에

어물전 외상값도 저승길 노잣돈으로 풍화가 다 되었을까

조금장터

그 겨울
햇살보다 따뜻하게 바람에 떠밀려
진도에 문득 다다르면
슬픔도 그냥 첫눈처럼 반갑다
무수 지나 조금 때면 온 바닥이
물난리가 났다는 오일장터
술집이건 고무신 가게, 젓갈집
칼국수집 나주댁 얼룩진 치맛바람
다 한통속이다
흑산에서 점찍고 왔다는 송 여사는
아직도 젖을 짜낼 요량으로
삭은 홍어 좆을 만지작거린다
흐르는 것은 세월이 아니라
니가 받고 내가 지르는 한 소리다
서리서리랑 굴재 고개를 건너
아리랑이 어디서 왔겠다냐
된장보릿국에 김이 오르는데
조금조금만 더 시간을 얹혀라
사돈네 팔촌까지 둘러앉아

조구가 젓갈이 되도록 겨울 대파
봄동 거래 값 남도들노래로 들썩이고
동동주에 구기자가 둥둥 떠다닌다
산 너머 집 일심이 생선 바닥도 드러난
조금장터 세방낙조 물든 사람들
없어도 늘 오진 마음들이
그 겨울 첫눈처럼 함박 내린다

소허암 小許庵*

내 집이 깊은 산골에 있어 매양
봄이 가고 여름이 온다
하루가 시련이라면 나무를 심자
물속에 흔들리는 그림자를 먼저 그려 놓고
운림지 한가운데 나무를 심자
일지암에서 훔쳐 온 다향이
시경 좌씨전 채씨효행록 순서 없이 아무 책을 뒤적거려도
코끝에 수묵처럼 번져 난다
반 두려움 찻잎을 고르듯 찾았던 스승
찻잎 하나 창랑에 띄워 제주에 보내실 제
세한의 정을 깊이 새기지 않으셨다
상망相忘하지 말라는 다짐도
밤 깊이 대정포구 달빛에 씻었으니
살아서 동생과 조카, 은이 큰아들까지 잃어
운림에 소허암을 지었다
소나무는 크고 산다화 묘지에
산은 정靜하고 나날은 장하구나
연못 섬 가운데에 백일홍을 심었다
곤함을 붉게 흔들던 나무만큼은

세상의 화려함을 보고도 못 보았다는 듯

만 가지 인연처럼, 백 가지 그림처럼

배롱나무 꽃이 떨어져 부유한다

물고기도 그 옛날 법어를 들었다는 듯

붉고 푸르구나 아름답다

* 소허암은 완당 김정희 선생이 제자 허련에게 써 준 당호다. 소치는 이를 직접
  판각하여 운림산방 집에 걸었다. 어려서부터 나는 그 글을 보며 자랐다.

솔개재 바람의 집
– 정양의 길

오래전에 바람이 집을 지었네
동학년부터 연대기를 쌓기 시작했네
물길을 올라 아침저녁으로
조금난리 건너 고막뫼가 추를 흔들었네
옥주는 언제나 미술관*이었다
하늘 아래 사람이 펄럭이는 화폭이었네
꿈으로 뒤척이는 바다가 화폭이었네
빙빙 도는 길들은 붓질이었네
붉은 해를 따라 솔개재 언덕에 오르면
서해 바다 가득히 밀려온 그 마음들
삼별초 동백꽃사랑 만나리라
사는 동안 누구나 그림을 그리네
사는 것이 바로 그림이라네
솔바람 어제도 불어왔네
망적산 솔바람 오늘도 부네
우리 모두 정양의 길을 걸어가네
바다가 세월 밖으로 물러가면
푸른 역사가 저 들판을 걸어오네
솔바람 어깨하고

한 삼천 년 정좌한 옥기 손가락
소치는 운림의 미산자락에
남쪽 농사를 열었으니
여기 솔개 바람의 미술관에
또 한 백년 노래의 물결 흐르겠네

* 정양미술관.

신공무도하가

그 마을에 가면
홀로 사는 집마다 세한도가 걸려 있다
잘 마른 도산초* 뿌리도 엮여 있다
바람이 불기 전
산꽃처럼 지는 날을 별처럼 헤아리며
누구나 한평생 난중일기를 쓴다
도수를 낮춘 전기장판 위에서
더러 송가인의 노래를
봄동 배추에 얹어 오물거린다
가난이야 아를르의 밤처럼 빛나고
세상은 깊고 검은 강의 섬일 뿐이다
더 선명하게 더 위험한 신호색으로
노란 조끼가 머리맡에 접혀 있다
거리의 꽁초와 구겨진 욕망들을
긴 집게로 주워 담는 벗들끼리 모여
복지회관 맞은편 삼거리 주막
좀체 켜지지 않는 난롯불에 둘러앉으면
또 한 장의 일기장이 채워진다
반침 위에 말려 놓은 산약초처럼

아무리 잘 엮어도 기억은 탈색하고
굽어진 허리의 그림자는
해마다 산 쪽으로만 길어진다
CCTV엔 고양이 가족들이 출연 중
그 마을 집집마다
아내의 짠한 눈빛 잔소리 사그라든
벽걸이 가족사진 위에
장무상망 흐릿한 세한도가 걸려 있다

* 시골 마을에 상여를 매 줄 사람들이 없어진다. 노인들은 만약을 대비해 누구나
  상비약이 아닌 비상약으로 도산초 독초를 술로 담아 놓는다.

붉은 강
– 노래를 담은 진도 홍주

바람이 분다고 다시 떠나는 것은 아니다
기꺼이 저녁노을쯤이 아니어도 좋다
때로는 세상 밖으로 윤회의 길을 걷다 보면
한 걸음 걸음마다 꽃이 피어나기도 하고
잠시 눈을 감으면 소망의 별이 되기도 한다
변화라는 것은 어떤 사무침이다
사무치다 못해 제 핏줄을 쥐어짠 연서
한 구절이 붉게 물드는 세방낙조
멀리 한 여자를 잊자고 칼 노래를 새기려
울두목 건너온 판화가는 그만 소리에 반해 버렸다
소리를 담은 붉은 강 홍주를 품었다던가
옥주라는 별호가 이미 취기를 주었다
모든 인연들은 별 하나 담아 흔드는 술잔에 잠기고
삼별초 투구를 쓰던 진도 동백이 처녀
그 붉은 마음도 첨찰산 귀생골로 숨어들었나
저녁을 기다리지 않아도 좋다
소포마을 내식 씨 북소리 장단을 찾아
쉬미 나루 돌아 누구나 아리랑 한 가락에
먼저 취해 춤사위로 한 세상을 건너가게 된다는 것

허화자 지화자 그 손끝 이내 속가슴 할퀴어

욕 소리에 물드는 술 한 병이 염병하게 그립네

삼선암 기는 길

그 여름 쌍계사 냇고랑을 건너가면
어느덧 길은 저만치 달아나고
이리저리 흔들리기만 하던 속마음도
숲 밖에서 반짝반짝 햇살을 받는다
여기쯤인가
누님과 함께 걸으며
꽃 같은 약속들을 발자국마다 심으며
삼색싸리나무 향을 따라갔었다
한겨울 숯을 굽던 사내들은
후박나무 그늘을 아직도 서성거리고
물소리 공양 받으러 오르던 아낙들은
끈적끈적한 땀과 사타구니를
동백잎으로 푸르게 씻어 닦으면
비끼내 들녘에는 오지게 풍년이 든다고 했다
한복 보따리 들고 가파른 물굽이
휘청휘청 한가위 같은 꿈 부풀어 올라
하늘에 오른 삼선 진신불 만나러
어머니는 멀꿀 줄기 돋아난 종아리 끌고
소풍 길을 올랐다

석무동 지나 조산 침침한 습기 따라
온 식구들 이름자 주문처럼 헤아리며
넓적바우 신우대 바람에 쉬다
부처님은 절간에서 여기로 나들이 오셨겠제
첨찰산 삼선암에 살찐 육덕을 식히겠지
떠밀리고 또 떠밀리는 이 풍진 세상
지극한 정성 하나만 오르리라
이제는 그 많은 사연도 두근거림도
녹진나루 큰 다리를 다 건너가 버렸나
도솔천 연기처럼 피어 갔을까
남쪽 바다 왜놈들의 침략을 알아차렸다던
그 스님들 시절 옆에
첨찰이 된다면 굳이 부처에게 맡기지 말고
흰머리 나부끼는 저 많은 억새들처럼
스스로 바람을 머금어
나도 좀 그 자리에 앉고 싶다

벅파진 만호 바다

거기 남쪽 바다가 있어 봄이 온다기에
이순신 통제사 장군처럼 일부당경 심정 하나로
눈썹 같은 진도다리를 건너 첨찰산에 올랐네
한낮에도 등불을 밝히는 동백꽃 길을 걸어
진도아리랑 흥겨운 가락을 발목에 감아
후박나무 참가시나무 삼색싸리나무 어루만지며
봉애골 옛 봉수대 불을 지피듯
훅훅 따뜻한 입김을 불면서 올랐네
허 소치가 세 번이나 제주도로 건너갔던 바다
산숭해심 스승의 판각을 등에 지고
한양과 전주를 주유하며 운림산방 지었다지
정상에 오르면 이백오십사 개 섬
분교 학생들이 봄 선생을 맞으러 오는 듯하네
만호의 집을 먹여 살린다는 저 바다
때로 미황사* 삼보일배 떠나는 화랑기와
한 번이라도 세상을 거슬러 본 이들은
숭어 떼들이 왜 그렇게 튀어 오르는지 알제
송지 황산에서 회동 접도 수품항까지
석유보다 까맣고 값진 뭍김 비단이 가득하네

저 바다처럼 살자 노래처럼 살자

곱창김 채취선들이 강강술래를 한다

* 해남 달마산 중턱에 있는 고찰. 대웅전 주춧돌에는 바닷게와 패류가 조각되어
  있다. 정상부에는 한 폭의 그림처럼 아름다운 도솔암이 있다. 주지는 법조 스님
  이다.

빨간 눈의 토끼는
어떻게 동굴에서 나왔는가

그 동네 아이들에게 언제부터
마을 뒷산에 천사가 살고 있다는 소문이 퍼졌다
여럿이 걷는 찔레꽃의 어른들에게
늘 굽실거리며 손을 내밀고
인자하다 못해 때로 애처롭기도 해
훌륭한 이 층 복지관을 지어 맡기기까지 했다
저 선한 얼굴 자애로운 손가락
약한 자들을 잘 대변하라고
의원을 세 번씩이나 맡겼다고 한다
그런데 언제부터 아이들은
복지관이 운영하는 목욕탕을 가면
어디선가 칼칼거리는 웃음소리
새카만 손톱을 긁는 소리를 들었다고 한다
왕무덤이 있다는 고개는 늘 달이 일찍 졌다
길은 이상하게 어느 동굴로 연결되어 있었다
그 동굴 속에는 털로 덮인 괴물이
살고 있다는 또 다른 소문이 퍼지기 시작했다
아이들은 한여름에도 귀를 막고 다녔다
괴물이 즐겨 귀를 베어 먹는다는 것이다

어른들이 한낮에 잠깐 졸 때면
하얀 밀가루 분을 털어 버린 손톱들이
늑대의 춤을 춘다며 소름이 끼친다고 했다
예쁜 산토끼는 어디에도 없었다
동굴에는 인광이 번뜩이는 뼈다귀만 쌓였다
어느 깊은 밤 한 여인의 입이 막혔다
수라간에서 일하던 이주민 여인은
그만 식칼 같은 눈빛에 힘이 빠져
경황도 없이 몹쓸 짓을 당했다고 했다
게걸스럽게 일을 저지르고
무엇에 허둥거리며 사라지는 괴물을 보았다고
아이들도 소리를 내기 시작했다
왕국의 회관을 드나드는 노인들은 그저
왼씨름을 잘하는 도깨비라고만 했다
너무 멀쩡하니 동물회관 금수회의록을 쓰는
존경하는 무시무시한 우리 회장님이라고 했다
아이들은 싱엇집보다 더 무서운 그 고개를
지날 때마다 말이 통하지 않는 여인처럼
가위눌림에 시달린다고 호소를 했다

순라군들은 여전히 친절한 인사를 나누고
느슨한 오랏줄을 달무리에게 던졌다
눈이 빨간 토끼는 여전히 동굴 속에서 산다
왕무덤재를 지날 때마다 모든 아이들은
그때부터 돌멩이를 던졌다고 한다
카악카악 침을 뱉으면서

떼지

산에 산에는 사파리 사육장이 있지요
저잣거리에는 돼지가 활보하지요
여기저기 돼지가 늘어날수록
산 밑 농민들도 근심이 커 가지요
인두겁 돼지의 식욕은 마구잡이
탐욕스런 어금니 잡식성에 진저리 치지요
순박한 돼지들도 우리를 나가면
아무 데나 똥을 싸고 다니지요

오늘도
돼지들이 번성합니다
돼지가 번성할수록
축생이 버젓이 네거리를 돌아다닐수록
정작 사람들의 삶은 피폐합니다
초대형 돼지 사육장이 여귀산 자락 아래
자꾸 마을로 다가옵니다
푸르미 체험관이 진지리를 칩니다
검정 쌀 친환경 단지가 파랗게 질립니다
화염 속에서 죽어 가던 돼지 1만 마리

우리는 지금 우리의 미래를
앞당겨 살처분하는 위험에 처해 있습니다

산에는 산돼지가 살지요
집에는 양복 입은 돼지가 살지요
옥주골에는 해마다
666의 인식표를 낙인 받은
스마트한 살코기들이
수만 마리 침 바른 돈이 되어
진도대교를 건너가고 있지요
여기저기 똥바다를 남겨 놓고
오늘도 똥돼지 한 마리
배불뚝이 주머니를 채우고 있지요

호시탐탐 뒷거래로 잇속만 챙기는
돼지만도 못한 짐승을 아시나요
다도해 푸른 물결 감도는 보배의 땅
진도 사람들이 뿔났습니다
산골 농민들도 호미를 던진 할머니도

"똥공장 환경오염 절대반대!"
특정 외지 업자들의 바벨탑 오 층 동물아파트
초대형 축사 진도 땅 승인 결사반대!
마을마다 성난 얼굴로 현수막이 펄럭입니다

몽유진도 夢遊珍島

그곳에 가 보았느냐
가 본 사람은 알지 못한다
허풍만 가득 찬 소리꾼이나 사는 곳이라고
대청마루부터 안방까지
다방은 그런다치고 대포집에도
이발관 이용 면허증을 밀어 놓은 채
떡 하니 남농이네 소전이네 하며
서화를 걸어 놓고 사는 이들
미술관이 따로 없제
셋이 모이면 노래방이 되는 섬
바다에 갈 때마다 건져 낸 그 징한 소리들
전쟁 통에도 꽃다발인 양
소리 베개를 하고 사는 섬것들
바다를 둥둥 떠다니며
이승과 저승을 아리랑 줄로 엮어 놓고
농사것이야 여편네에 맡겨 놓은
천하 빌어먹을 한량들
진도는 꿈이 흐르는 바다였다
바다가 갈라진다고

그거 한나 볼라고 건너온 육지것들
울기도 많이 울었제만
백구처럼 컹컹 제대로 짖지도 못하고
왜구 해적한테 목 달아나고
임금한테 멀쩡 없이 목숨 바치고
떠밀리다 말다 하다가
21세기 바다에 닻을 내렸다
대접받자고 섬에 살 것냐만
촘촘한 그물에 걸리는 문명처럼
그저 펄떡거리다간
꿈도 꿈이 아니라 하더라
그 섬에 정말 가 보았느냐
모른다고 해라
미역섬 할머니도 모른다고 해라
뽕 할머니는 무지개 타고
닻배놀이 구경 가고 모른다 하네

제3부

세한도

술이 들어오지 않는다
그 어떤 그리움에도
몇 사람의 이름을 엎지른다
별은 돋아 오르고
아들은 데리러 오지 않는다
읽지 않은 책처럼
날마다 헛배가 차오른다
이빨 몇 개가 흔들린다
일기를 쓰면
날지 못하는 편지로 접힌다
참 가까이
봄이 서성거린다

내 몸은 청구서

내 몸은 청구서
날마다 잉크가 마르지 않는 청구서
항목마다 이의를 달지 못하는
하느님보다
하느님의 말씀보다도
추호도 가감이 안 되는 청구서
내가 새라면
병 속에 숨어 사는 새라면
차라리 날아갈 것을
차라리 먹이를 거부할 것을

내 몸은 온통 청구서
뒤늦게 사용 설명서를 불쑥 내밀며
콩을 내놓아라
밤을 내놓아라
아침에는 우유와 계란을

내 발밑에 신과 지옥이 있다

아내가 나를 바라보는 눈빛이
갈수록 심상치가 않다
세상을 보는 창이 더 많이 열려진 듯하다
내가 만나야 할 풍경들은 더 멀어진다
신발 끈도 제대로 묶지 않고서
아무리 마음이 천 갈래라 해도
걷는 길은 하나다 선언한다
허언이다 뒷걸음질을 친다
괜스레 어머니의 얼굴을 떠올린다
구름에 달 가듯이
내 얼굴이 허우적거린다
아내가 수상하다 빈집이 더 수상하다
끈 풀린 개들이 뛰어가는 길
나무들의 그림자가 쓰러지고
나는 질끈 허약한 눈꺼풀을 묶는다

사랑, 병풍바위

손쓸 수가 없었어
11월엔 저수지 옆을 혼자 걸어가지 말자
온몸에 퍼져 버린 차가운 열병
오래된 절을 따라 투신하고 싶을까
쥐똥나무 열매는 아직도 다 물들지 않았다
누군가를 너무 오랫동안 숨긴다는 것
이제 상처에 대해서 자신감을 키울 때
멧돼지는 벼들이 떠난 다락 논에서
마음껏 진흙 목욕을 즐기는, 블랙 토슈즈에
죽음의 입맞춤을 한 무도를 춘다
떡갈나무도 산딸나무도 정금나무들도
가을 11월에는 자꾸 저수지를 향해
도열을 하고 싶어 한다
쓰다 만 편지들은 수북하니
아무 곳에도 떠나지 않은 발을 덮는다
달빛이 닿기 전에 정말
내 눈도 어찌할 수 없는 순간에
주저함도 없이 그대 이름으로 취해 버렸지
머리끝까지 물들어 퍼져 버린 향수

떠나지 않는 사람을 떠나게 하고
해마다 매혈을 하듯 그 산에 오른다

아카시아 꽃이 필 때

너무 가까이서 아프기 시작했다
아내가 채근하고 동생이 처제가 마침내 술벗들이
나를 언짢아하며 병원에 가 보라 했다
여기저기서 봄소식이 터지고 있었다
아내와 함께 바다를 건너 병원엘 갔다
가슴인지 사장교가 출렁거렸다
인천에 살다 서른 살에 아내를 만나 결혼을 했다
생각하니 내가 자랐던 진도는 멀었다
생래적으로 아프거나 아픔을 꽉 붙들어 잡고
한세상을 아리랑 고개 넘듯이 사는 것이 법이었다
술래잡기를 해도 강강술래 손이 풀려도
이웃끼리 담장 호박 넝쿨 얼기설기 엮이듯 살았다
고향에 산다는 것
천지신명의 은혜가 넘치는 생을
보름달을 베어 먹듯 높고 깊은 안목도 취해 버렸다
쓰린 것은 간도 위장도 아니었다
문설주 그림자도 닦아 버린 부모님이
새삼 그리울 이도 없었다
누구에게 연락도 없이 습성에서 도망을 치듯

목포 병원으로 가 개구리 배를 까 보였다
간이 부어 버렸다고 쫓기듯이 진단서를 따라갔다
얼마나 더 살까
읍내 닷새장 파장철 동태처럼 노란 눈이다
부지깽이 다리를 겨우 침대에 올린다
11층 아래 까마득한 지상엔 하얀 목련이 피었다
마음이 한결 편안해졌다
일기 노트를 침대 맡에 놓았다
아내는 처갓집을 들러 진도로 갔다
많은 선택의 시간들은 어둠 속에 잠기고
신호음이 떨리는 벗들과의 연락, 아무도 없다
새벽이 와도 가로등 불은 꺼지지 않는다
흐릿한 활자 속으로 누군가의 신음 소리가 스며든다
꽃이 멀리서 피고 아침을 기다렸다는 듯 오열이 터진다
채혈과 공복기와 맥박 몸무게 모든 것이 숫자화된다
돌아다보면 꽃이 아닌 시절이 있었을까
따스한 핏방울이 얼룩진 속옷을 갈아입는다

햇살론

누구에게나 일요일은 온다
긴 유영을 끝낸 명태를 흉내 내듯
새벽 칼잠을 뒤척이면서
흐트러진 꿈결 끄트머리에서
내던진 바지 속 지갑을 더듬는다
전화기는 일부러 무음 상태다
어디쯤에서 호기를 부렸던가
두 달째 밀린 월급을 핑계 대며
형제간 모임 약속도 부러 지워 버렸다
일요일보다 먼저 늘 취기가 온다
꼭 접어 두었던 5만 원짜리까지
천연스레 소주병을 콜 하며
밤의 미로를 선택해 비틀거렸을까
마음만으로 등을 두드리는
제 새끼와 밥벌이 일선에
수십 년 지켜 온 아내의 얼굴은
휘청거리는 달 속에 흐릿하게 겹쳤을 뿐
장난감 총도 퍼즐 대한민국 전도
아무것도 사지 못했다

깊이 어울리다 언제나 때가 되면
각자의 노래를 품고 떠나가는 친구들
아무렇지도 않게 오랫동안
각방을 쓰고 있는 아내도 분명
열대야의 또 다른 꿈결에 시달리겠지
일 처리 하나 제대로 못하냐며
자꾸만 등을 떠미는 사회 선배들
분명 약속 없는 일요일이 오는데
꿈속까지 채근하며 쫓아오는 것은
무엇일까 이게 아침 햇살일까

전야前夜

초등학교 모교 운동장을 아내와 돈다
밤하늘은 흐려 별은 좀체 뜨지 않는다
어디쯤 솔잎모시 송편 가득한 바구니
온 가족 손자국 하얗게 얼룩진 달 어디 있나
한 바퀴 또 한 바퀴 옛 시절
손에 손을 잡고 어디쯤 빙빙 도는 듯해 뒤를 자꾸 돌아
본다
아내는 손을 흔들며 그늘 속 앞장서 걷는다
아버님 따라 어머니도 하늘로 떠나시어
고향 집에는 송편 찌고 나물 데워 누구를 기다릴까
운동장은 어슴푸레 몇몇 거니는 사람들
어릴 적 소나무는 그대로인데
그 많은 동창들도 세상의 구름 속에 갇혔나
나는 왜 고향에 와 둘레상도 못 채우는 식구
술 한 잔도 못 받는 간덩어리 달래며
한 바퀴만 더 돌아야지 세종대왕 지나
이순신 큰 칼 저 바다를 가른다고 누가 올까
손주 보러 한강수 넘어가는 형님 가족들
나는 왜 장날 붕어빵 사며 고향에 사나

철마산 절 스님도 가부좌 속에 잠들고
전지 조기 굽는 냄새 따로 노는 듯
발걸음은 괜스레 휘청휘청 그립다 그립다
지난 시절은 아무래도 잡을 수가 없어
배롱꽃도 진다는 달 너만 피어라
백년의 터 천년의 꿈
명문 전통의 모교 아홉 시를 아내와 돈다
달하달하 이 섬마을에도 노피곰 돋아시라

해인

겨울방학이 되자 해인이가 인천으로 떠났다
주말이 되면 아내와 나 사이에 판문점이 생겼다
막걸리 주독이 빠지라고 백팔 배를 시작한다
막내 처제는 일기와 체험 학습을 챙겨 준다
하루도 삼매에 들지 못하고 설거지나 할 뿐
아들이 빠져나간 빈방을 들락거린다
몇 가지 책은 무료하게 거실 탁자에 눕는다
전화 소리를 기다리며 구름 낀 창밖을 기웃거린다
아들은 벌써 변성기에 들어 징그럽다
바닷가 진료소에서 살던 기억들이 파도친다
며칠 전에는 동네 아이가 차에 치였다
베트남 출신 엄마는 세 자식 두고 수년 전 집을 나갔다
북남 대화 채널이 가동되고 있다 평창이 뜬다
수원 사는 후배가 광주에서 연락을 했다
감기 기운이 조금씩 목을 타고 오르는 곳에
막걸리 몇 잔 꺾어서 자가 처방을 내린다
함부로 해인이 자식을 키웠다고 나는 못한다
단지 아득한 우주를 건너와 눈맞춤을 하고
가끔 오목 놀이, 공원에서 달리기 시합을 했었다

퇴근길에 아내와 번갈아 귤과 사과를 샀었다

그도 나도 아내도 이 한생이 다 쳇바퀴로 돈다

별 하나가 눈송이처럼 춤추며 다가온다

속절없는 눈물을 모아 술을 빚는 그 밤에

밤을 벗어나지 못하는 기다림이 낡은 담요를 두른다

어쩌다 나는 무명 시인의 쓰다 만 수첩이 되었나

전화가 오지 않는 해인이는 쌍둥이별을 닮은 눈

이제 좀처럼 우리에게 세례 의식도 마중도 식은 듯하다

금요일 저녁 골목집에서는 약국을 그만둔 노 약사가

약효가 삭아진 옛이야기들을 오물거린다

화가 아들이 있다고 안주 위에 슬쩍 올렸었지

집에 남은 사과와 귤을 사무실에 가져와 놓는다

목감기는 쉬이 낫지 않고 난로 위에 솔방울이 핀다

지난 장에 산 병어 새끼를 꼭 잊지 말라고

죽림 진료소에서 아내가 지독한 내재율로 명한다

아무래도 해인이가 처제와 바다 건너 여행을 갈 듯하다

하루하루가 누구에게나 선물로 주는 여행이지

유자차 향기 남은 잔에 동네 막걸리를 따른다

아내의 식탁

우리들의 아침에는
파스와 같은 상추 잎이 차려진다
11월에는 접도 곱창김이 온다
가자미 숭어가 떠난 접시 위로
조금난리 전어가 가끔 드러눕는다
집 나간 며느리도 눈보라 속에 돌아온다는
누런 깨 한 숟갈 들었다는 머리부터
꼭꼭 씹어 삼키라시던 어머니
오사카 일제강점기를 건너온
아버지는 그 개옹을 평생 뒤졌지만
제대로 소리 하나 건지지 못했다
솔가지만 부러트리고 사라져 간 장단이
가끔 운림산방 삼송도에 걸렸다
아내는 아직도 남도와
인천식이 목에 걸리는 사투리처럼 혼용된다
명절 때마다 조기를 굽기 전
웃동서들과 숨막히는 침묵의 절임
감나무집 마당을 들어설 때부터
아들은 이미 간파하였지만

허청에 오래 모아 둔 숯댕이 포대가 되었다
하루 종일 뒤집어지다 눈치도 발라낸
내 몸뚱이라고 온전하겠는가
아무렇지도 않다는 서열과 갈등하는 붉은 연휴
젓가락은 꽁치구이처럼 가지런하다
평화란 이런 식이다
홍어 살 푸른 쌈 한 숟가락의 무게다
우리들의 옛집은 막걸리 간판을 내렸다
누구도 가난을 탓하지 않는 식탁
늘 우리는 저마다의 기도를 까먹고
바다로 가는 시간들을 떠올리며
김 한 장에 스며든 단란함을 나누었지

목련은 다시 피고

아버지를 따라 3년 만에
어머니 떠나가신 그 봄에
먼 곳에서 목련이 졌다
사천리 밖에서는 살지 않을랑께
내 아들아
입술만 달작거릴 때마다
남쪽 담장 아래 목련꽃이 떨어졌다
요양원엔 나 안 갈란다
그렇게 꼭 알아야 돼 내 아들아
나는 희미한 눈빛을 다 읽었지만
전화 연락이 뜸해지는 식구들
한 배로 다 낳으셨을 때
어디 누구라도 아프지 않으셨을까
고향의 선거 판이나 기웃거리며
돈지 여관집 술집 바닷가
화장발 웃음으로 악수나 흔들며
4월의 목련 꽃잎 같은 날들
의식을 잃고
맡겨 두신 통장 액수가 줄어들 듯

자꾸만 등에 반점이 찍혔다
나는 무엇이 외로웠는가
어머니 병상을 지키지 않고
전화기에만 매달렸다
술기운이 빠진 아버지는
현충원 국군묘지에서
흥타령도 다 잊으셨는데
꼭 3년 만에 곁으로 가셨다
봄이 오자 나도 병원에 누웠다
저 아래 목련꽃이 피어난다

망향望鄉

달이 뜨는 그 고개 지나면
상수리나무 그늘이 성큼성큼 걸어
먹바위 샛길 지나 조산 아래
굵은 정맥류 주무르며
어머니 아직도 잠을 이루지 못하실까
왜 나는 시냇물을 건너지 못하는가
이미 하늘과 땅으로 돌아간
기억들이 무엇을 차마 기다릴까
꽃길 같은 시절들 젖어 피던
절산에서 내려온 물은
동백꽃 하나 피우지 못하고
아무도 그 반침 마루 오르지 않는다
내게 물려주신 선명한 종아리
핏줄과 삭은 어금니 몇 개
너무 빨리 찾아온 섬은
콘크리트 길바닥, 깎아내린 임도
달빛을 가두는 철조망 아래
달무리 그리던 전설을 묻어 버렸지
길은 곧게 달려오는데

친구들은 더 멀리 물러섰을까
얼굴도 비치지 않는 샘처럼
내가 그렇게 말라 버린 것일까
달이 지는 그 새벽길 걸어
허리 휜 아버지가 점방 안에
빈 막걸리 병을 헤아리고 있을까

대전으로 간 감나무집

아버지 오늘이 광복절이에요
태극기라도 찾아서 걸어 놓을 걸
그래도 국가유공자 아들 집인데
아버지 어머니
대전에는 비가 내리나요
늘 찾아뵙는다 말만 해 놓고
저녁 설거지까지 게으름 피우며
삼 년이 훌쩍 넘어 버렸네요
막내 애숙이가 사는 감나무집
평상에는 누구 하나 쉬었다 가는 이 없이
하루 종일 나뭇잎 몇 개
철이 부족한 생감만 떨어지고
반침 문설주마다 벌구멍이 늘어나네요
문패는 아직도 그대로인데
대전 현충원으로 달려간 어머니
무엇이 그리 급하셨던가요
술 취해 제 몸도 가림 못하는
제가 그리도 미덥지 않으셨나요
자꾸만 뒤로 숨는 해인이

손주까지도 정을 다 떼 놓고

어머니 아버지

오늘이 광복절이랍니다

일본 수상이 무화과 즙 색깔 소리

간경화를 불러온 막걸리도

딱 끊었습니다

아버님 제사상에는

큰형님이 여전히 따라 올립니다

명절 때도 자고 가는 이 없고

올해도 봄에는 목련꽃이

얼마 전엔 봉선화가 피었다 지고

아침마다 울리는 쌍계사 종소리

헤아렸다는 소치거사 발걸음도

운림산방 호수를 건너간 그 옛날

학정봉 구름에 잠시 피어납니다

절더러 그림을 그리라고

아내에게 유언처럼 신신당부도 접고

아버지 자꾸만 술버릇만 닮는다는

어머니 잔소리가 그립습니다

저도 감나무집을 나온 지 오래
사천리 가는 길이 가물한데
대전으로 이사 간 감나무집
어머니 아버지 부모님 이름자
생몰연대 짚어 본 지가 언제인가요
오늘이 광복절입니다
올가을에는 시집을 낼랍니다
해인이는 벌써 중학생입니다
애숙이는 혼자 사는 게 좋답니다
교장 정년하고 둘째 형은
광주에서 판매장 아르바이트합니다
셋째 형도 시청 끝내고
목포 입구에 행정사무소 냈습니다
큰형이 참 작년 소치미술전람회에서
묵화 문인화로 특선을 했답니다
운림예원 사무장을 그만둔
애숙이는 먼 속내로 감나무집에서
장사를 하겠다고 점방 고치네
평상을 놓네 합니다

제 팔자에 정년도 없는 신문쟁이
읍내 동네 신문사 기자라고
밥이나 얻어먹으며 환갑 철부지
여기 넷째 아들이 안부 보냅니다
오늘이 광복절이랍니다
내 아침이 꼭 영문도 모른 것처럼
오늘이 또 광복절입니다

유언

생각보다 빠르게 봄이 갔다
광주로 인천으로 선거 판으로 돌다
도우미가 있던 병원에서
요양원으로 옮겨 간 어머니는 말수가 더 줄었다
눈자위 따라 노랗게
배추꽃이 지고 있었다
이젠 아예 틀니도 빼 버렸다
해인이는 자꾸 내 엉덩이 쪽으로 숨었다
아야 해인이 아빠야
틀니를 소독하는 나에게 다짐했던 말씀들이
사각형 틀니 보관함에 앙다물어 있다
요양 병원에는 잔 보내지 말어라 응
반침에 앉아 꽉 붙들었던 기억도
숭숭 벌구멍이 뚫리고
국가유공자 훈장을 받은 아버지도
칠순 나이 때는 선산 양달을 고수했었다
전립선염으로 속옷을 척척하니 적시다
응급실에서 운명하셨다
꽹과리도 장구도 울리지 않은 채

104

꽁꽁 묶인 유언과 함께 화닥불에 사그라졌다
누구도 좀체 말을 꺼내지 않는다
드러난 것들이 어떻게 지워지는 것인지
두 분께서는 애써 확인하지 않았다
담비처럼 흩어지는 자식들 머리 위에
떫은 생감이 툭툭 떨어졌다

오래된 시
– 원이 엄마에게

저녁 어스름 길
돌아오는 이의 달빛이 되어
걷는다
은사시나무 물푸레나무에 무성한 말을
한 잎 한 잎 떼어 놓으며
그대 달과 같은 고개를 넘는다
오래된 시가 걷는다
긴 머리칼로 짚신을 삼아
더러는 우물에 얼굴을 비춰 보고
터벅터벅 박꽃 덩굴로 골목을 돌아
빈집들의 문패를 읽으며 걷는다
아무리 돌고 돌아도
하고픈 말들은 별처럼 돋아나고
어지럽다
온통 당신뿐인
외줄기 시가 걷는다
무덤가에
풀잎마다 맺힌다
흔들릴수록 더 선명해진다

탈의실에서

처음 너를 만났을 때
낯설지가 않았다

산다는 것은 그렇게
모든 것에게
익숙해진다고
당당하게 거울을 보았다

봄 여름 가을
빈방에서 옷을 입었다

기억 위에
또 다른 방을 늘리고
가끔 시집을 읽듯
마당가에 꽃을 심었다

어느 날 거울 앞에서
다시 너를 보았다

언젠가는 누구나
그 많은 옷들을 벗어야 하리
기억하기보다는
모든 기억으로부터 훌훌
벗어나는 일

너무도 낯선 너는 누구인가

제4부

여기가 팽목항이다

동백꽃이 피는구나
네 머릿결에 별이 매달리듯
동백꽃이 피는구나
아무리 기울어진 기억이라도
꽃이 피는구나
기도와 신이 사라진 바다가 얼마나
고요한지를 이제 알겠구나
가까이 있는 것들이
그토록 사랑했던 것들이
한 모금의 술과 같이 잠시
흔들릴 때마다 피었다 사라진다는 것
동백꽃보다 짧은 생이여
여기가 팽목항이다
배는 장죽수로를 지나간다

가을 일기
– 팽목

가을 바다의 말을 닦는다
바다의 소리를 적는다
고기들이 햇살을 신는다
그림자들이 바다로 돌아온다
크게 돌아선 산으로
단단한 슬픔들이 기어간다
노를 저어 가던 당신의 말씀이
저수지 가득 치마를 푼다
산능금이 눈알 속에서 빠져나온다
청와대 깊은 물속 트레머리
미역발마다 걸린 신음 소리
동거차 바우 서거차 바우
맹골군도 늑갈비에 바람이 분다
우럭 새끼가 운다
바닷말을 갯닦이한다
내장이 말라붙은 전복등이
서망 바닷가에 밀린다
바닷속에서 매미가 운다
누런 소라 껍데기 속에

하나 둘 셋 별 헤는 소리

시간을 펌프질해 버린 다잉벨

기총소사를 삼킨 헬기 소리

고막을 찢는 뭉크의 절규

팽목 우체통의 햇살을 닦는다

바늘처럼 날카롭게 닦는다

모든 기다림을 찌른다

감아 버린 내 눈을 찌른다

나무들의 소리를 찌른다

심우도尋牛圖
– 무환자나무를 찾아서

사람들이 다 어디로 갔는가
내게 코뚜레를 뚫을 연장을 달라
한길을 다투며 걸었던 사람들
땀 절은 신발로 함께 걸었던 그 시절
샘 안에 고이는 달빛처럼
잡힐 듯 잡힐 듯하는 공안을 길어
뒤 창문에 걸어 놓았던 푸른 스무 살이여
무환자잎으로 감싸 안은 납자들아
그 마음 하나 어디로 흘러갔는가
생사가 여일하다고 다잡는 등허리에
자욱한 최루 연기 눈물 재채기
헐떡이며 오르던 일주문
가슴 깊이 사경하던 '사해동포'
불복종 비폭력 삼천 계단 아수라
우리가 가야 할 길은 더욱 뚜렷했었다
나는 지금 어디에 있는가
섬돌 위에 절룩거리며
벽화 속으로 들어간 문수보살
아픔도 또 하나 내 생의 도반

머리 위에 흰 고무신 얹고 도망을 가라
얼룩진 거울 속엔
툇마루 햇살에 기대인 목불 스님
햇살 아래 주렁주렁한 고추밭
내 이만큼의 평화를 섬기려
눈물도 웃음도 슬쩍 지운 채
철심 박은 몽둥이보다 정수리에 박힌 죄
난법의 주동자로 염주처럼 엮어지던
부처님도 관음보살 코뚜레 피멍 뚫어
잿빛 장삼의 무명으로 다 용서하였다고
영원한 청춘의 길 어디로 갔는가
내 마음 하나 어디로 갔는가
만산홍엽 다시 물드는 산사로 가는 길

등신불 속 부처님

등신불 속의 부처님이 우신다
손에 잡히는 것은 떡갈나무 잎을 빠져나온
바람뿐이었다
눈을 질끈 감아 버린 별들이 무릎 위에 떨어진다
누군가 문경새재에서 만들었다는
그 방망이를 나는 알고 있다
광주 동부경찰서 뒷골목 담벼락에
후줄근하니 물든 담쟁이 잎으로 달라붙어
흠씬 두들겨 맞으면서 버텼던 젊은 날
먹빛 장삼이 또 다른 얼룩으로 물들이던 밤
마침내 상처를 찢고 새는 날고 꽃이 핀다
부처님은 대웅전을 뛰쳐나와
삼층석탑 그늘에 숨어 달처럼 울었다
푸르르 푸르르 온몸이 흔들리며
나는 모른다 모른다 모른다
신새벽 종소리도 깨져 포승줄에 묶이고
심우도 따라 돌던 도량송을 쫓아
각시탈이 휘두르던 방망이를
나는 알고 있었다

만 보살의 잠 지켜 주라던

보리수나무 방망이를 나는 모른다

그녀는 오지 않았다

나는 그곳에 가지 못했네
사월 십육일 나는 팽목항에 가지 못했네
오전 열한 시 삼십 분 컵라면 한 그릇
하늘우체통에 엽서 한 장 넣고
나는 그냥 돌아섰을 뿐이네
돌아오다 일렬횡대의 오토바이와
검은 승용차 행렬이 백동 언덕을 넘어
연동마을로 들어서는 모습을 보고
문득 어떤 불길함에 싸여
다시 돌아섰을 뿐이었네
세월호 유가족 추모 분향소를
함께 지키자던 친구 교사의 제안도
외면한 채 돌아오던 내가
다시 팽목항으로 갔지만
그녀는 보이지 않았네
광화문 광장을 물대포로 둘러싸던
경찰들의 벽만이 공고하게
팽목 바다를 가로막고 있었네
우리나라 대통령은 오지 않았네

그날 팽목항에 온 이는
바뀐 애 유체 이탈하듯
쾅 쾅 불신을 박아 놓은 문 닫힌
분향소 주위만 둘러보다
부두 등대길 가운데
우아한 배역을 소화하듯
봄 바다를 찾아온 한 여인이
있었을 뿐이네
눈물도 적폐 일소의 단호한 결심도
무엇보다 '내가 잘못했다'
내가, 이 정부가 연분홍 어린 정령들을
지켜 주지 못하였다는
통렬한 반성으로 무릎 꿇는
그런 대통령은 그날
팽목항에 오지 않았네
맹골수도 바람에 숨결 흘리고픈
이 산 저 산에 핀 꽃들도
차마 고개를 돌리던 그날
4월 16일 나는 팽목항에 가지 못했네

그날 팽목항은

대한민국에 있지 않았네

세월호를 즉각 인양하라!

시행령을 당장 취소하라!

저 지긋지긋한 침묵의 벽

국민 혈세로 지탱해 온 저 짐승의 벽

그날 아무도 팽목항에 오지 않았네

그날 대한민국 대통령은

더 먼 바다를 건너 해외 순방을 갔다네

팽목항에서

언제부턴가 바다가 기울어져 보인다
바다로 달려간 나무들도 바다로 기울어져 있다
여름 마당에 말려 놓은 미역들이 몸을 비튼다
섬에서 온 아이들은 조개처럼 입을 다문다
세상보다 내가 먼저 무엇에 기울어져 있는 것일까
아무리 파도가 밀려와 씻어 가도
여기 모였던 눈동자 발자국들 지울 수 없네

그곳에 가면

그곳에 가면 바다가 없다
한 발 다가서면 나도 꽃이 되려나
그곳에 가면 온통 섬뿐이다
떠밀리고 또 떠밀려도
기어코 다시 제자리로 떠오르는데
너희들은 어디로 갔는가
그렇게 세월 밖으로 배는 떠났지
봄이 되면 진달래는 피겠지
팽목항 길가에는 속절없이
개나리꽃이 지천으로 피겠지
뒷산에 오르면 한밤에도
등댓불이 하염없이 피어나고
장죽도 벼랑에선
풍란 향이 그렇게 손짓해도
너는 어디로 갔는가
소금기 어린 눈물 맥놀이 치는,
사월의 그 바람이여
어머니들은 또
어느 밤을 파도로 뒤척이는가

그곳에 가면
푸르다는 것이 견딜 수 없구나

돌아서지 않는 꽃

– 고故 자운 곽의진* 선생에게

바다가 찔레꽃보다 좁다

봄이 오면
봄이 아니다
그 봄날 화연花宴인 듯
햇살이 기웃거리는
마당 가득
수많은 이름들을 심던
거친 손끝에서
구름도 피어나고
나는 저 멀리
지독하다는 것이
오직 설렘뿐이라고
오봉산 큰 바위로
눈가림을 하던 시절인 듯
치마처럼 펼쳐 오던 노을

바다가 칡꽃으로 물들면
그 밭에서 아예 또

마아가렛 향으로
한없이 흔들리던 소녀

팽목항을 날으듯
아우성치는 노란나비
가없이 껴안으시던
가슴 뛰는 소녀 자운

솔향 기억 무성한 강계에서
나는 아직도
이승의 경계를 알지 못해
막걸리 잔에
당신의 바다를 담는다

* 진도 출신 소설가. 1995년 귀향하여 (사)삼별초역사문화연구위원회 이사장으로
서 진도 역사 알리기에 힘쓰면서 작품 활동을 했다. 2014년 5월 25일 방송 출연
중 고혈압으로 쓰러져 병원으로 이송되었으나 회복하지 못하고 향년 68세로
별세했다.

아무르 아무르

우수리강 건너 호랑이가 살았다.
레닌의 진정한 동지
대한독립군 빨치산 대장
아무르의 호랑이
일본군이 벌벌 떠는
하늘을 나는 홍범도 장군
고려인과 세상 사람들은
그를 불렀다 따랐다
발자국에 핏물이 얼어붙어도
끝까지 일본군 때려잡는
아무르 아무르 호랑이
사랑은 자작나무 갑옷이었다
허리까지 차오르는 눈발이었다
죽어도 못 잊을 아리랑
아무르의 꽃은 언제 피는가
새벽 화승총 심지에 불이 타오를 때
조선의 청년들은 깨어난다네
오늘도 두만강을 건너오네
달처럼 떠오르는 어머니

밤새워 흰옷을 지었다
호랑이를 만나
호랑이가 된 아들.
–무수리강 호랑이, 홍범도

철조망을 치우며

– 죽형 조태일

벽파진 앞에 바다가 흐른다

싸움은 언제나 있었다

바다 뻘 속에서 건져 올린 장구와 탄환

도자기와 소소승자총통에는

선명한 명문이 늘 시대를 정조준한다

흐르는 물결 위에 하얀 꽃들이 소용돌이치며 핀다

내 할아버지는 석수장이였다

충무공 벽파진 전첩비에

사흘은 비 내리고 나흘은 바람 불고

맏아들 회와 함께 배 위에 앉아

눈물도 지우셨고 등을

옥주골 석수장이 여럿이 새기시었다

어여쁜 노씨 아내와 반듯한 글씨를 사랑하여

먹바우골 서른배미 구들장논 다지며

사는 것이 더 숨 가쁜 싸움이었다

피눈물 위에 피는 꽃 마플로*

하루하루가 열두 척의 풍랑이었다

신분이라는 철조망에 손금이 갈라지고

아무리 바다를 건너도 상놈이었다

128

풍랑을 만나 유구열도 바닷가에 떠밀려도
섬놈은 그저 섬놈일 뿐이었다
정유재란 순절묘역에는 비석이 없다
봄이면 진달래가 그 이름을 피운다
대명리조트 앞바다 갈매기섬엔 아직도
초분 아래 유골들이 나뒹군다
보도연맹 작전개시 70년이 오도록
손목에 감겨진 철조망을 풀지 못했다
동학년 솔개재에 모가지가 잘려
북해도로 끌려간 동학수괴 촉루는
제 이름을 부르지 못하고 있다
진도간첩단사건 장기수 석달윤 박동운의
가슴에도 붉은 철삿줄이 감겨 있다
진도대교가 우수영과 무지개처럼 걸렸지만
대한민국 섬의 날이 제정되어도
뽕 할머니 기원은 모도섬에 닿았어도
아무도 저 바다를 건너지 못한다
철쇄작전 강강술래 신호연을 올려도
섬들은 오늘도

손과 발이 찢겨지는 형에 묶여 있다
철조망은 휴전선에만 있는 것이 아니다
섬과 섬 사이에
섬사람과 섬놈들 사이에
엄연히 녹슨 철조망이 놓여 있다
죽형 조태일 선배 시인이여
우리 엿장수가 됩시다
진도 백구마을에는 엿 타령을 하는
민중의 또랑광대가 살고 있답니다
우리가 우리를 믿지 못해 가로막은 철조망
팔만대장경판마다 새겼던 절의
삼별초가 파상풍으로 넘어진 철조망
반공으로 유신으로 동서로 갈라놓은 철조망
애비와 애미를 의심케 했던 철조망
김주열 전태일 광주의 폭도들을 읽어 쥔
엿장수도 값을 안 치는 녹슨 철조망을
민족의 용광로에 던져야 합니다
심청이가 호미로 쓰던 태안사 복장유물
죽형!

아직도 식칼론이 시퍼런 조태일 선배님
태안사 골짜기 겨울에 피는 꽃나무
우리들의 영원한 자유의 흘수선이여
진도의 봉화산은 너무 오랫동안
북악으로 봉화를 올리지 않았습니다
세월호를 건너 벽파진을 건너
섬진강 맑은 정신을 그리워합니다

* 진도 울금의 우수성을 알리기 위해 진도울금 향토사업단이 스페인어로 바다를
  뜻하는 '마'와 꽃을 뜻하는 '플로'를 합하여 만든 공동 브랜드.

다시 사월에

섬 밖 벗들이 자주 들르면서
바다는 제 스스로 화장을 지우기도 했다
시인들은 그냥 바람 앞에서
아무런 꽃도 피우지 못하는 수평선이 될 뿐
거친 외투를 벗듯 겨울이 가고
첨찰산 삼선암 물줄기 흘러
시냇가에 버들강아지 조금씩 눈을 틔우면
우리도 그렇게 오는 어떤 봄을 찾아
눈을 떠야 하리
언제나 가슴속에 청량한 물소리 담고
비켜 가는 오후의 강 모퉁이에서
흔들리며 흔들리며 제 뿌리를 씻고서
그렇게 사월로 가야 하리
부르지 않아도 꽃처럼 피어나는
이름이 어디로 흐르는 것일까
삼별초 야경군처럼 가슴마다
이끼 털어 낸 돌 하나씩 안고
남도석성을 새벽까지 순라를 돌까

팽목

나도
수없이 허공을 향해 가지를 뻗어 보았다
아버지가 돌아가시면서도
차마 손을 내밀지 않은 이유를 지금도 알지 못했다
관사도에서 미역발에 보름 넘게 절은
관절통, 한숙기, 기침 소리 적어 오는 아내와
탈상바위 아래서 만나던 팽목 종점
그런 기다림이야 파스 몇 장이면
속속들이 시원해졌다
아무것도 잡히지 않을 때
비로소 날개가 돋아 오른다는 꿈이
끝내 팽목나무에 돋아나지 않았다

동백

겨울이 아니어도
너를 사랑했다는 기억은 지독했다
손에 잡힐 듯 내가 발돋움을 하면
더 오롯하니 흰 눈 속에서도 푸른 목도리를 감던 산다화
새벽마다 엎힌바우에서 굴러떨어지는 종소리
세상의 모든 고백들은 동백나무 아래에서
동백꽃처럼 소리 없이 피었다 떨어지는 것일까
왜 처음이라는 다디단 꿀물에 취해 소년들은 어디론가
도망가야 했는가
너에게로 가는 길은 언제나
눈구름이 몰려오고
노루 발자국 따라 어디선가 봄이 찾아오는 산골
세 고개는 넘어가야 동화책 속에 네가 살았다
겨울방학 내내 감나무 가지 끝에 깜박이는 별들
사냥꾼과 빈 의자 사막의 왕국을 지키는 전갈 장수
초꼬지불이 흔들릴 때마다 일기장 속의 글들이
벼룩처럼 이불 속을 뛰어다녔다
먹바위골에 겨울이 깊어지면
흰 동백꽃이 핀다고 했다

노오란 분가루 속에 잠이 들었다

푸른 겨울의 섬

나는 아직도 이 섬에 사는 이유를
확실하니 모르겠다
바다가 이 섬을, 아니 바다에 이르지 못하는
나를 옛 누님의 치마처럼 에워싸고
왜? 라는 말보다 더 신속한 전서구 한 마리를
수시로 날려 보낸다
간밤에 눈이 내렸다고 동백나무는
산으로 숨지 않는다 오히려
더 붉은 점등을 켜고 담장을 기웃거린다
떠나간 어린 소녀들의 볼이 번질 뿐
애초에 길들이지 않은 야생마는
푸른 바람을 타고 배추밭 고랑을
건너간다 대파밭에는 큰 고니 어머니들이
허리띠를 매고 저어새 흉내를 낸다
얼지 않는 마음들이 겨울을 건너뛰는
이 섬에서 나는 왜 쉰 개의 개옹을 거슬러
헝크러진 진도아리랑 몇 구절을 놓는다
햇빛 아래 들었다 놓았다 되풀이하며
파래 깊이 간직한 물김해우가

접도 수품항을 밤새 출렁거리고
운림 사상마을 천년의 숲에서
발기 연습을 마친 표고버섯들이
뿜어 버린 수액을 말리며 자지러지는
너무 익숙한 풍경들이 지나치고
모도라던가 달처럼 기우는 작은 섬들
별들의 숫자만큼 생은 축복으로 빛나는
이 진도에서 사는 이유를 나는
지금도 마음에 새기지 못한다
노란 애기 똥을 품고서
바람보다 먼저 퍼지는 봄동 찾아
단지 들고나는 그 아득한 사람들이
숭어처럼 튀어 오르며 북을 치면
이것일까? 조금씩 멀어지는 아내도
10년 전에 화목으로 타 버린 아버지도
그 어떤 이유도 바람도 거늘지 않고
풍회의 가장자리에서 살아가는 것

의인 박득재

그해 여름 바람이 불었다
붉은 높새바람이었다
한강을 넘어 울두목 바다를 건너 진도로 불었다
한 사내가 있었다 큰 소나무처럼
마을 동구를 지키던 사내가 호통을 쳤다
뒤바람을 진 동창 친구였다
그의 입은 이미 총구가 되어 있었다
북산 용샘에 던진 절굿대처럼
가슴이 쿵쿵거렸다
어린 아이들 젊은 아내의 얼굴이
뿌옇게 떠오르다 새벽안개에 가려졌다
네가 나오지 않으면 그땐
동네 사람들 다 죽이겠다
누런 총알처럼 내뱉는 소리가
순천 냇고랑을 타고 오르기 시작했다
그러던 어느 날 한 여인이
윗소리를 치고 다녔다
아재 아재 그만 내려오시오
차마 두 귀를 후비는 소리

친척 일가붙이가 다 갇혔는데
파란 순이 덮이는 구기자 밭고랑을 따라
하얀 달빛으로 방 안에 들어갔다
모든 결심은 단 한 번의 눈에 담았다
아이들은 혼곤히 자고 있었다
아내는 저고리끈 입에 담고 울음을 삼켰다
날이 밝으면 이 야속한 남정네는
북풍받이로 떠나갈 것이다
누구나 한 세상을 산다지만
누구나 다 한때 바람에 진다지만
철마산 북상리를 지킨 한 사내
끌려가 돌아온 동네 사람들
아기들은 우리가 책임지겠소
부역도 하지 말고 열심히 키웁시다
아직도 북상리로 부는 바람에는
한 사내의 무거운 발소리가 담겨 있다

나는 잠들지 않는다

나는 잠들지 않는다
방심하면 발이 뻗는다
바퀴벌레는 뒷걸음질 치는 발에 밟히지 않는다
꽃이 피어나는 것은 아름다운 전쟁이다
씨앗은 너무나 단단한 기다림이다
길가의 풀잎들은 그런 기다림의 절정이다
함부로 들꽃에게 인사하지 마라
꽃은 바람에게 일기를 쓰고 있다
농부는 발을 뻗지 않는다
한밤에도 노루귀를 닮는다
오래 쓴 호미처럼 날렵한 손가락
발은 자꾸 누우려 한다
밤이 깊을수록 가부좌는 발을 뻗으려 한다
쌀벌레가 비로소 움직이기 시작한다
나는 오랫동안 사람처럼 살아왔다

내 친구 박남인은 시인이다

송태웅 시인

1

내 친구 박남인은 시인이다. 지금도 시인이지만 아주 오래전부터 그는 시인이었다. 국문과를 나와 고등학교 교단에서 문학을 가르치며 문학주의자가 된 나와는 전혀 결이 다른 사람이었다. 이태준이 쓴『문장강화』라든가 아리스토텔레스의『시학』등에 밑줄을 그으며 읽던 나는 답답하기 짝이 없는 문학주의자가 되었지만 그는 진도의 바람과 소리와 운림산방 허씨 문중의 지필묵으로 단련된 예술적 시인이었다.

내 어릴 적 큰누나가 읽던 월간『여성동아』의 별책부록으로 나왔던『나목』이나『옥합을 깨뜨릴 때』등을 읽던 것이 문학에 대한 최초의 경험이었나면 박남인은 위로 셋이나 되는 형들의 영향을 받아 무협지를 읽거나 바둑을 두면서 문학에 발을 들여놓았다. 그뿐인가. 진도군 의신면 사천리에 있던 그의 집은 운림산방의 바로 밑에 있었다. 그리하여 그는 소치 허유라는 거대한 지성과 예술적 영감의 세례를 받으며 성장했다. 먹을 갈아 화선지에 사군자를 치던 그의 모습은 나를 사뭇 놀라게 했다. 그것은 열등감과 부러움이 뒤섞인 감정이었다. 진도는 외딴 섬이었지만 이 나라의 정신과 예술이 집약된 메카이기도 했다. 내 고향 담양이 중앙권력에서 밀려난 선비들이 시를 읊조리며 더는 훼절하지 않기 위하여 칩거하던 다소 사변적이며 내성적인 공간이었다면 박남인의 고향 진도는 민중들의 활달한 소리마디와 춤사위에다가 운림산방의 불꽃 같은 예술혼이 결합된 공간이었다.

광주고등학교 2학년 때 나는 그를 처음 만났다. 수업에 열중하면 입가에 침이 고이곤 하던 국어 선생님이 담임이었는데 박남인과 나는 같은 반이었다. 그저 범생이었던 나와는 달리 그는 드러나지 않은 소년 풍류객이었다. 왜소한 체격에 눈동자만 유난히 순정하게 빛나던 모습은, 40년이 넘는 세월을 그와 함께하고 보니, 그에 대한 하나의 상징이었다. 노트에 깨알처럼 써나가던 각종 편지와 시 등에 남은 그의 문체와 글씨체를 나는 아직도 또렷이 기억하고 있다. 고백하건대 박남인이 전염시키고 다닌 그 사유와 문체가 나를 문학으로 이끌었고, 법대 지망생이던 내가 돌연 국문과를 선택하게 한 요인이 되었다.

그와 가장 가까이서 고등학교와 대학 시절을 보냈지만 나는 아직도 그를 정확히 알지 못한다. 그의 생각과 행동은 규격화된 삶의 잣대로는 도저히 짐작할 수 없는 것이었다. 그도 나도 군대에 다녀와 그놈의 모진 군대 생활에 대해서는 단 한마디도 나누지 않았다. 살아서 돌아왔다는 것 하나만으로도 우리는 충분히 기쁘고 만족스러웠다. 다시 그 반짝이는 눈동자를 앞에 두고 막걸릿잔을 들 수 있다는 것만으로도 우리는 서로를 대견해 했다. 수업시간에 늦지 않으려고 부산스럽게 책가방을 챙기던 기간은, 그러나 너무 짧았다.

농대생이었던 그는 내가 주로 강의를 듣던 문리대에 나타나 강의실 창문 틈으로 나를 불러내었다. 수업은 자주 작파해버리고 상대 뒤 반룡슈퍼에서 막걸리를 마시며 우리끼리의 수업을 진행하곤 했다. 물론 수업의 내용은 주로 문학을 포함한 예술 전반과 역사와 생에 대한 문제였다. 나는 군에 가기 전 1980년 2학기 성적표가 올F였기 때문에 그러면 안 되었지만 막걸리를 마시며 우리끼리 진행하던 수업의 그 생생한 유혹을 떨쳐 버리지 못했다. 결국 천신만고 끝에 정확히 140학점을 이수하며 간신히 졸업할 수 있었지만 박남인은 언젠가 학교를 스스로 끝내 버렸다.

그는 천상 시인이었고 자유인이었다. 그렇다고 『그리스

인 조르바』의 조르바 같지는 않았다. 드러내 놓고 그가 자유를 말한 적은 없었고, 누군가에게 그러한 삶의 정당성을 설파하려고 한 적도 없었다. 그는 자신에게 주어진 삶을 자신의 방식대로 최선을 다해 살려고 했을 뿐이다. 그의 삶 자체가 자유를 추구하는 것이었고 그 이후 우리나라의 여러 곳을 떠돌며 살게 되었지만 그는 그가 태어난 고향 진도의 영향권에서 단 한 발치도 벗어나지 않았다. 그가 지닌 나침반은 항상 진도를 향해 있었다.

　나는 1987년 대학을 졸업하고 그 한 해를 박효선 선배와 어울려 극단 토박이 활동을 하고 1988년 순천의 한 여고에서 교편을 잡게 되었다. 박남인은 국문과 선배 정삼수 시인과 어울려 광주 남동에 출판사를 열었다. 나는 토요일이면 오전 수업을 마치고 마침 3년 할부로 마련한 프라이드 승용차를 끌고 그의 출판사로 가고는 했다.

　1989년이었던가. 나는 2년차 햇병아리 교사임에도 그때 막 결성된 교원노조에 가입해 몹시 분주한 나날을 보내고 있었다. 학교에서 수업을 마치고 나면 가는 곳이 순천 중앙동에 있던 교원노조 사무실이었다. 매일처럼 성명서를 작성하고 서명용지를 각각 나누고 교원노조 결성의 정당성을 알리는 각종 팸플릿들을 가득 들고 출근해야 하는 날들이 이어졌다.

　그해 5월의 어느 주말이었다. 그때도 여느 때처럼 광주에 갔는데 금남로의 분위기가 심상치 않았다. 조선대학교

교지 『민주조선』의 편집위원장이었던 이철규 학생이 무등산 제4수원지에서 참혹한 시신으로 발견되었고 금남로엔 저녁마다 분노한 학생과 시민들이 운집했다. 돌과 화염병이 우박처럼 날았고 최루탄 가스로 자욱했다. 문제는 그 『민주조선』의 발행처가 박남인의 출판사였던 것이다. 걱정이 되어서 출판사 사무실에 가 보았더니 출판사는 이미 풍비박산이 나 있었다. 어찌 그 소용돌이에서 무사할 수 있었을까.

아마 그때부터 박남인의 풍찬노숙의 고행길이 시작되지 않았나 싶다. 광주에서 종적을 감춘 그가 인천에서 노동자 문학회를 이끌고 있다는 말을 누군가에게 전해 들었다. 나는 불법단체인 교원노조의 대의원이 되어 서울에서 열리는 전국대의원대회에 참석해야 할 일이 있었다. 경찰에 적발되면 전원 구속이 될 상황이어서 엄중하게 보안을 지키며 상경해서 비밀리에 행사장에 집결해야 했다. "순천에서 배추 다섯 단이 도착했다"라는 식의 암호를 점점이 주고받으며 행사장을 알아냈는데 일단 인천 주안역으로 오라는 것 같았다.

주안역에 내려 주위를 살펴보며 행사장을 알기 위해 또 어디론가 전화를 해서 암호를 주고받고 있는데 놀랍게도 그 많은 사람늘 속에서 박남인과 마주쳤다. 기절초풍할 일이었다. 당연히 아무런 약속도 하지 않았고 할 수도 없는 상황이었다. 그도 나도 엄청나게 놀랐다. 아니, 이게 누구야. 너 웬일이야. 니 여기서 뭐 해? 우리는 서로의 대답도 듣지 않고 먼저 질문 세례부터 시작했다. 그러고는 저녁에 어디서 만나자고 했지만 그 약속은 지킬 수가 없었다. 막 걸릿잔을 주고받던 두 문학청년은 광주도 아니고 진도도 아닌, 인천 주안역 앞에서 엉겁결에 만나 또 바람처럼 헤어질 수밖에 없었다.

　그 무렵은 우리가 20대 후반부터 30대 초반까지의 시절이었다. 결혼 적령기에 들어섰지만 부모님의 닦달에도 불구하고 결혼에 대한 생각은 아직 없었다. 삶 자체가 너무 엄중한 것이어서 결혼은 생각할 수도 없었다. 박남인이 인천에서 노동자문학회를 하며 어떻게 살았는지 그 구체적인 모습을 나는 보지 못해서 알 수 없다. 다만 그의 성격으로 보아 아주 끈끈하게 인간관계를 맺으며 살았을 것이다. 박남인이라는 필명은 아마도 '남쪽 진도에서 인천으로 온 사람'이라는 뜻으로 정하지 않았을까.

　그 이후 4, 5년 정도의 시간이 더 흘렀을까. 박남인은 그 사이에 결혼을 했고 아내를 대동하고 아예 고향 진도로 내려와 버렸다. 그리고 나도 두어 달에 한 번 정도 차를 몰고 진도로 가고는 했다. 우리가 열여덟, 열아홉이던 시절의 진도는 말 그대로 섬이었다. 광주고속 버스를 타고 해남 우수영까지 가서 버스를 철선에 실어선 진도 벽파항에 도착하곤 했다. 진도읍에서 산길을 걸어 의신면 사천리 그의 집에 도착하면 늦은 저녁이었다.

그의 아버지는 우리를 보고서도 별 말씀은 없이 "네 친구 잘 데리고 놀아라"라는 얼굴 표정만 지어 보이셨다. 그러고는 진도의 온갖 당골네들을 다 모아 사랑채 안 붉은 알전구의 조명 속에서 둥기둥기 흐드러진 장구 소리와 구음과 춤사위가 사랑채 밖으로 빠져나왔다. 그의 어머니가 조그만 구멍가게를 하셨기 때문에 그는 이제 담배를 보루째 가져와 마음껏 피워 댔다. 출처가 어디인지 알 수 없는 홍주병은 위생 상태가 엉망이었지만 목구멍에서 명치로 시한폭탄처럼 타들어 가는 그 짜릿함은 지금은 경험하기 어렵게 되어 버렸다.

1997년 나는 서른일곱이라는 다소 늦은 나이에 결혼을 하고 학교를 그만두었다. 교사 생활에 염증이 나기도 했고 역시 교사였던 아내가 될 사람은 나더러 학교를 그만두고 대학원에 진학하라고 했다. 경기도 안성에 있던 중앙대학교 예술대학 캠퍼스까지 갔다가 포기하고 돌아와 버렸다. 문학을 하는 데 대학원이 뭐가 필요해라고 반문하면서였다. 그러고는 내 나이 마흔이 되어 첫 시집 『바람이 그린 벽화』를 내놓고 서울 노량진으로 올라가 학원 강사 일을 시작했다. 내 사십 대는 서울 노량진, 신림동, 광주, 인천 등지를 떠돌며 학원 강사 일로 점철되었다. 그 십 년 동안 박남인을 한두 번이나 보았을까. 우리는 아주 가끔 전화통화로만 생존을 확인하곤 하였다.

아주 가끔 진도에 가 보면 박남인은 진도를 주름잡는 언론인이자 향토사학자이자 술꾼이자 시인이 되어 있었다. 〈예향 진도신문〉의 편집장으로 필봉을 휘둘렀고 그 특유의 끈끈함으로 인간관계를 맺으며 살아온 결과였다. 나도 그러기는 하지만 그는 술을 마시면 거의 안주도 밥도 먹지 않았다. 오로지 막걸리가 그의 양식이자 삶의 원천이었다.

어느덧 우리도 나이가 이순耳順이 되었다. 그러나 여전히 그도 나도 삶의 들끓는 와중에 있다. '삶의 한가운데'에 서 있는 것이다. 2020년 1월이던가. 진도에 사는 또 하나의 친구 고재성이 나를 팽목항으로 오라고 했다. 세월호 참사로 숨진 이들을 추모하는 행사를 하는데 시를 하나 써서 낭송을 하라고 했다. 그 행사에 부름을 받은 두 시인이 나와 박남인이었다.

팽목항은 겨울바람 때문에 몹시 추웠다. 두터운 코트를 입고 갔음에도 덜덜 떨릴 지경이었다. 박남인은 너무도 야위어 있었다. 몸을 돌보지 않은 결과였다. 시 낭송도 그의 아내가 대신할 정도였다. 그와 내가 만나 막걸리 한잔 같이 마시지 못하고 헤어진 것은 참으로 드문 일이었다. 그와 막걸리를 같이 마시지 못한 나는 동행자를 졸라 그날 저녁에 구례로 돌아오고 말았다.

2

한때는 내 아들도
공룡처럼 걸어 다녔다
아무런 의심도 없이
한 방향으로 직립보행을 배우던 시절
그는 거대한 꿈이었다
나는 기꺼이 가슴에
그 발자국을 얼마나 새겼던가
생은 그렇게 습기 젖은
이 지상에 단지 낙인을 찍는 것
　　　　　　– 「눈부신 깨달음이 올 때 강을 건너야 한다」 부분

　이 시에서 '내 아들'이라고 했지만 '내 아들'은 실은 시인
자신이기도 할 것이다. 아들이란 자신의 유전자를 그대로
가지고 태어난 복사본이기 때문이다. 사람들은 아들을 통
해서 자신의 과거를 반추하며 현재와 미래를 투영할 것이
다. "공룡처럼 걸어 다녔다"라는 것은 온갖 조건들로 우리
의 삶을 규격화하는 현실에 대한 저항이자 즉자적即自的인
대응이라 할 것이다. '그러거나 말거나 내 방식대로 살 거
야' 하는 식의 선언인 것이다. 그런데 '공룡'이라는 대상이
끌고 오는 느낌은 다분히 중의적重意的이며 모순되기도 한
다. 왜냐하면 공룡은 지구의 역사에 분명히 존재했으나 지

금은 흔적도 없이 사라졌고, 그 거내한 크기에 비해 바퀴벌레보다도 생명력이 끈질기지 못했기 때문이다. 우리는 공룡을 떠올리는 순간 거대함과 허약함, 존재와 실종, 의지와 허무 등등의 이항대립적 모순에 빠질 수밖에 없게 된다. 그러니 "생은 그렇게 습기 젖은/이 지상에 단지 낙인을 찍는 것"이라고 생의 우발성과 필연성이라는 모순에 대해서 직관적인 고백을 할 수밖에 없게 되는 것 아닐까.

나는 가장 먼저
내 가슴으로부터 추방을 당했다
수없는 고문을 지우기 위해
술이라는 적을 사랑하고 말았다
세상은 그저 비워야 할 술잔이었다
내 손을 잡아 주지 않는 그녀
하루 종일 눈빛을 비울수록
텅텅 밀려오는 바다
나는 노래로부터 버림받았다
마침내 술잔으로부터 버림받았다
시간의 동아줄이 풀리면서
꽃씨들이 입을 다물었다
팔뚝이 묶인 하얀 침대 위에서
벌떡벌떡 마른 백합꽃으로 뛰었다

— 「나도 모르게 강을 건너왔다」 부분

나는 박남인이 여전히 전사처럼 술좌석을 이끌어 가고 있는 줄로만 알았다. 아니 그러기를 바랐다. 시인, 소설가, 화가, 언론인, 당골네, 승려, 향토사학자, 사업가, 동창, 선배, 후배, 똘마니 등 온갖 부류의 사람들과 어울리면서 그들을 자신의 동맹군으로 결집시키고 술자리의 일정들을 진두지휘하고 때로는 파죽지세와 쾌도단마로, 때로는 귀납적인 분석주의자로, 때로는 연역적 직관으로 공동체의 화두를 제시하거나 극히 개인적인 스캔들을 회자하게 하는 그의 능력을 믿었다. 하지만 그도 연약한 인간이었다. "추방을 당"하거나 "버림받"은 대상은 그가 그토록 열렬히 사랑했던 '노래'이며 '술잔'으로부터였다. 그는 그 위험한 애증愛憎의 강을 건너온 것이었다. "벌떡벌떡 마른 백합꽃으로 뛰"는 모습은 얼마나 참담하게 슬픈 장면인가.

나는 그가 이 아픔에서 벗어나기를 간절히 기도하지만 아픈 만큼 성숙해질 것이라고 섣부른 위로의 말을 전하고 싶지 않다. 왜냐하면 내가 아는 박남인은 그렇게 속이 뻔히 보이는 교과서적인 답변을 제시하는 사람이 아니었기 때문이다. 그는 한때 "공룡처럼 걸어 다녔"지만 "팔뚝이 묶인 하얀 침대 위"에서 "마른 백합꽃"이 된 자신을 보며 무슨 생각을 하고 있을까.

그도 나도 술을 아주 좋아했지만 그렇다고 막 나가는 술꾼은 아니었다. 술주정을 부리거나 하는 일그러진 모습은

한 번도 본 적이 없고 어떤 술자리에도 반드시 명분과 이
유가 있었다. 물론 스스로 만들어 낸 명분과 이유였지만.
술자리에서 그가 하는 얘기에는 나름대로의 정연한 논리
가 있었다. 우리는 그 논리 때문에 자주 언쟁을 벌이곤 했
다. 술자리에서 그가 설파하는 논리에 한없이 끌려가다가
내가 전세를 바꾸어 보자고 반격을 시도하는 경우가 있었
기 때문이었다.

> 나는 술집의 어린 사내였다
> 진달래가 피면 진달래 같은 술잔 속으로 숨는
> 술집의 사내였다
> 혼자 가는 집 바람이 데려다준 집
> 저만치 달을 떼어 놓고
> 날마다 각질이 벗겨지는 참나무처럼
> 통장 무더기 가방에 기대어
> 저녁잠에 취한 아내를 빠져나와
> 기억하는가 기억하는가
> 진주식을 알지 못하는 나는
> 애써 허수경의 시 제목을 읽는다
> 읊는다 익어 버린 복숭아 울음이다
> 똑같이 되지 못하는 슬픔과 사랑을
> 기다림 같은 것으로는 만날 수 없는 그대
> 나는 아침부터 술집의 사내였다

감나무가 휘청거리며 해를 가리고

내 영혼은 오래되었으나에

홀로 비우는 잔으로 방점을 찍는다

어차피 노래들은 바람이 나

짓봉산 산타령 갈퀴나무 하러 떠났다

나도 그대에게 길들여지고 싶었다

아침의 술잔 따위로 지나간 별을 헤아리다

나도 한때는 술집의 사내였다

홍범도를 흉내 내며 바닥에 엎드리거나

어머니가 절대 안 물려준

비끼내 절 밑

하루 종일 막걸리와 낡은 파리채

술집의 술 동무 사내로 살았다

오래된 것들은

내 영혼을 떠났으니

－련개주점

－「나는 술집의 어린 사내였다」 전문

　"나는 술집의 어린 사내였다"라는 고백은 "스물세 해 동안 나를 키운 건 팔할이 바람이다"라는 누군가의 고백을 연상시킨다. 거기다가 소치나 의재가 그렸던 화폭의 자연이 배경으로 깔린다. 매우 현재적인 장면이 곧장 그 고을의 전설이 될 것 같은 이야기들은 매우 애잔하다. "어머니가 절대 안 물려준/비끼내 절 밑/하루 종일 막걸리와 낡은 파리채/술집의 술 동무 사내로 살았다". 실지로 박남인의 어머니는 진도 의신면 쌍계사 밑에서 연자방아집이라는 이름으로 불린 점방을 운영했는데 생활필수품들과 담배와 술을 팔았다. 고등학교를 졸업할 무렵부터 무시로 그곳을 들락거린 나는 '술집의 어린 사내'와 내통하며 그 점방의 담배와 술을 소비하기 시작했다.

박남인은 어떤 시에서 '섬놈'과 '섬사람' 사이에는 어떤 단절이 있다고 말했다. 아랫녘의 섬이어서 더 많이 소외되고 더 많이 능멸당해야 했던 역사에서의 시련과 고초에 대해서 슬픔과 분노를 표출하고 있다. 또한 그는 고향인 진도에 내려와 살면서 겪어야 했던 많은 갈등의 중심에 단절이 있다고 깨달았을 것이다.

> 섬놈은 그저 섬놈일 뿐이었다
>
> 정유재란 순절묘역에는 비석이 없다
>
> 봄이면 진달래가 그 이름을 피운다
>
> 대명리조트 앞바다 갈매기섬엔 아직도
>
> 초분 아래 유골들이 나뒹군다
>
> 보도연맹 작전개시 70년이 오도록
>
> 손목에 감겨진 철조망을 풀지 못했다
>
> 동학년 솔개재에 모가지가 잘려
>
> 북해도로 끌려간 동학수괴 촉루는

제 이름을 부르지 못하고 있다

진도간첩단사건 장기수 석달윤 박동운의

가슴에도 붉은 철삿줄이 감겨 있다

(중략)

철조망은 휴전선에만 있는 것이 아니다

섬과 섬 사이에

섬사람과 섬놈들 사이에

엄연히 녹슨 철조망이 놓여 있다

죽형 조태일 선배 시인이여

우리 엿장수가 됩시다

진도 백구마을에는 엿 타령을 하는

민중의 또랑광대가 살고 있답니다

우리가 우리를 믿지 못해 가로막은 철조망

팔만대장경판마다 새겼던 절의

삼별초가 파상풍으로 넘어진 철조망

반공으로 유신으로 동서로 갈라놓은 철조망

애비와 애미를 의심케 했던 철조망

김주열 전태일 광주의 폭도들을 옭아 쥔

엿장수도 값을 안 치는 녹슨 철조망을

민족의 용광로에 던져야 합니다

— 「철조망을 치우며」 부분

나는 아직도 이 섬에 사는 이유를

확실하니 모르겠다

바다가 이 섬을, 아니 바다에 이르지 못하는

나를 옛 누님의 치마처럼 에워싸고

왜? 라는 말보다 더 신속한 전서구 한 마리를

수시로 날려 보낸다

간밤에 눈이 내렸다고 동백나무는

산으로 숨지 않는다 오히려

더 붉은 점등을 켜고 담장을 기웃거린다

떠나간 어린 소녀들의 볼이 번질 뿐

– 「푸른 겨울의 섬」 부분

아무렇지도 않게 상처 난 친구들이 비스듬한 대문 옆에서 나를 반겼다

보리밥 소쿠리는 즐겁게 흔들거렸다 장롱 속으로 숨는 아이들은 없었다

– 「끝없는 환영」 부분

세상의 모든 고백들은 동백나무 아래에서

동백꽃처럼 소리 없이 피었다 떨어지는 것일까

왜 처음이라는 다디단 꿀물에 취해 소년들은 어디론가

도망가야 했는가

– 「동백」 부분

단절은 고립으로 이어지고 고립은 외로움을 끌어들인다. 우리 사회의 곳곳에 남아 있는 철조망에 분노하다가 "떠나간 어린 소녀들의 볼이 번질 뿐"인 외로움에 진저리를 치는 시인의 옆모습이 그려진다. 더욱이 "아무렇지도 않게 상처 난 친구들"이라고만 말했을 뿐이지만 들여다보면 얼마나 애잔한 사연들만 남은 곳일까. 남녘의 섬 진도는.

> 인천에 살다 서른 살에 아내를 만나 결혼을 했다
> 생각하니 내가 자랐던 진도는 멀었다
> 생래적으로 아프거나 아픔을 꽉 붙들어 잡고
> 한세상을 아리랑 고개 넘듯이 사는 것이 법이었다
> 술래잡기를 해도 강강술래 손이 풀려도
> 이웃끼리 담장 호박 넝쿨 얼기설기 엮이듯 살았다
> — 「아카시아 꽃이 필 때」 부분

이 시는 그가 왜 인천을 떠나 고향 진도로 돌아오게 되었는지를 알게 한다. 답변은 뭐 지극히 당연한 것이겠지만 그는 진도가 그리웠던 것이다. 그것도 "한 세상을 아리랑 고개 넘듯" "이웃끼리 담장 호박넝쿨 얼기설기 엮이듯" 살아왔던 진도 사람들의 공동체가 그리웠던 것이다. 거기다가 진도는 삶과 역사의 숱한 애환들을 진도아리랑이나

강강술래와 같은 품격 높은 예술로 승화시켰던 곳이 아니
었던가.

3

박남인은 요즘 몹시 앓고 있다. 육체적 고통이 자신의
영혼을 잠식할지도 모른다는 불안 속에서도 그는 자신의
고통을 담담하게 관조하려는 노력을 이번 시집 원고의 곳
곳에서 확인할 수 있었다. 그는 아프지 않을 때 아파했고,
아플 때 아프지 않은 것처럼 살려고 한 것 같다. 아픔을
껴안고 삶에 분투하는 모습은 처연하게도 아름답다. 거
기다가 그는 한때 보건소 진료소장인 아내와 함께 팽목에
산 적이 있었다. 도처에 아프지 않은 사람이 없지만 세월
호 참사는 그에게 막심한 충격과 슬픔과 분노를 안긴 것
같다.

박남인의 시편들 중에서 가장 잘 읽히는 것들은 역시 진
도의 풍광과 진도 사람들에 대해 노래한 것들이다. 아마
그 자신도 그것을 하기 위해 진도로 돌아갔을 것이다. 박
남인의 시편들이 '도취'에서 '각성'으로 옮아가는 것을 나는
박남인의 이번 시집에서 읽을 수 있었다.

    날마다 헛배가 차오른다

이빨 몇 개가 흔들린다

일기를 쓰면

날지 못하는 편지로 접힌다

— 「세한도」 부분

언젠가는 누구나

그 많은 옷들을 벗어야 하리

기억하기보다는

모든 기억으로부터 훌훌

벗어나는 일

— 「탈의실에서」 부분

흐릿한 활자 속으로 누군가의 신음 소리가 스며든다

꽃이 멀리서 피고 아침을 기다렸다는 듯 오열이 터진다

채혈과 공복기와 맥박 몸무게 모든 것이 숫자화된다

돌아다보면 꽃이 아닌 시절이 있었을까

따스한 핏방울이 얼룩진 속옷을 갈아입는다

— 「아카시아 꽃이 필 때」 부분

바람이 묻는다

어머니 이름이 둥둥 떠다니는 비끼내

이 남쪽의 마음 하나

왕무덤재 지나가 보았느냐

159

바람이 또 묻는다

우화루에 가 보았느냐

벚나무에 꽃이 피었더냐

서혜부 탈장 수술하고

퇴원해 백팔 배에 매달리는

나에게

웬 시샘처럼

자꾸 바람이 묻는다

벚꽃 길을 가 보았느냐

—「벚나무 꽃길」 부분

하루가 시련이라면 나무를 심자

물속에 흔들리는 그림자를 먼저 그려 놓고

운림지 한가운데 나무를 심자

—「소허암小許庵」 부분

누구나 한평생 난중일기를 쓴다

도수를 낮춘 전기장판 위에서

더러 송가인의 노래를

봄동 배추에 얹어 오물거린다

가난이야 아를르의 밤처럼 빛나고

세상은 깊고 검은 강의 섬일 뿐이다

—「신공무도하가」 부분

160

이런 시편들을 읽으면 그가 최근에 겪고 있는 육체적 고통 속에서 한편으론 나약하게 흔들리는 듯하면서도 또 한편으론 아예 그 고통의 심연으로 들어가 더 깊어진 눈매로 삶을 들여다보고 있는 것 같다. 그래서 "하루가 시련이라면 나무를 심자"라든가 "세상은 깊고 검은 강의 섬일 뿐이다"라는 맑고도 아름다운 에스프리를 만들어 낼 수 있었을 것이다. 그 모습은 상처 입은 짐승이 자신의 혀로 그 상처를 핥고 있는 것과도 같다.

심각한 아픔을 겪게 되면 사람들은 평상심을 잃게 되는 경우가 많다. 지극히 인간적인 일이다. 누군들 그러지 않을 수 있겠는가. 사람들은 자신이 지극히 건강했을 때를 떠올리며 현 상태를 인정하지 않으려고 하는 경우가 많다. 다시 건강할 때로 돌아갈 수는 없을까를 수없이 되뇌고 괴로워하며 후회하기도 할 것이다. 박남인은 아프게 된 이후 백팔 배를 시작한 모양이다. 그가 백팔 배를 올리며 간절히 기도하고 이번 시집에 빈번히 봄을 노래하는 것을 보면 나는 그가 곧 아픔을 떨쳐 내고 예전과 같은 활기를 되찾을 것이라 확신한다.

그곳에 가면 바다가 없다
한 발 다가서면 나도 꽃이 되려나
그곳에 가면 온통 섬뿐이다

떠밀리고 또 떠밀려도

기어코 다시 제자리로 떠오르는데

너희들은 어디로 갔는가

그렇게 세월 밖으로 배는 떠났지

봄이 되면 진달래는 피겠지

팽목항 길가에는 속절없이

개나리꽃이 지천으로 피겠지

뒷산에 오르면 한밤에도

등댓불이 하염없이 피어나고

장죽도 벼랑에선

풍란 향이 그렇게 손짓해도

너는 어디로 갔는가

소금기 어린 눈물 맴돌이 치는,

사월의 그 바람이여

어머니들은 또

어느 밤을 파도로 뒤척이는가

그곳에 가면

푸르다는 것이 견딜 수 없구나

—「그곳에 가면」 전문

　현대의 한국을 살아가는 동시대인이라면 누구도 그 아
픔에서 자유로울 사람은 없을 것이다. 팽목은 그저 항구의
이름이었다. 팽목항 옆에 있는 서망항으로 우리는 자주 꽃

게를 먹으러 갔다. 저렴한 가격으로 싱싱한 꽃게를 마음껏 먹을 수 있었다. 그런데 그 참사 이후 우리는 그럴 수 없었다. 꽃게가 문제가 아니었다. 나는 그날 점심 무렵 순천의 한 식당에서 밥을 먹으며 티브이를 보고 있었다. 아침에 무슨 여객선이 진도 앞바다에서 침몰하고 있다는 소식을 들었던지라 후속 뉴스가 나오지 않는지 궁금했다. 그런데 티브이에 '여객선 수학여행단 전원 구조'라는 자막이 떴다. 그러면 그렇지 우리나라가 어떤 나라인데 하면서 내처 밥을 먹었다. 결국 그 자막은 국가와 사회시스템이라는 것이 그 참사의 당사자, 유족들뿐만 아니라 다수의 국민을 얼마나 무참하게 기만하고 차갑게 배신할 수 있는가를 극명히 보여 주는 서막이자 상징이 되고 말았다.

국민은 의무를 다하는데 국가는 국민에게 그 이상의 의무를 요구한 채 자신이 할 일을 하지 않고 있었다. 아니, 하고는 있었지만 하는 척만 하고 있었다. 시쳇말로 '영혼'이 없었다. 세월호는 인천에서 제주로 항해하다가 진도 해상에서 침몰하고 말았다. 그것도 전 국민이 지켜보는 가운데 그 안에 300여 명의 꽃 같은 생명들을 태우고서. 세월호는 침몰된 것이 아니라 수장된 것이었다. 이것은 국민이 정부에게 자신의 권한을 위임했으므로 국민을 위해 모든 일을 다 해야 하는 근대국가의 모습이 아니라 국민에 의해 선출된 권력이 국민의 위에 군림만 하는 중세국가의 모습이었다.

나는 진도의 박남인에게 자주 전화를 했다. 1980년 외지 사람들이 광주에 있는 사람들을 궁금해 했듯이. 팽목을 노래하는 순간 그 노래는 레퀴엠이 되고 만다.

그곳에 가면 온통 섬뿐이다
떠밀리고 또 떠밀려도
기어코 다시 제자리로 떠오르는데
너희들은 어디로 갔는가
(중략)
어머니들은 또
어느 밤을 파도로 뒤척이는가

사람들은 어떤 장면을 도저히 언설로 표출하기 어려울 때 반어나 역설을 구사하기 십상이다. 거기다가 슬픔을 가누지 못하는 어머니들의 모습은 이 시대 한국의 피에타상으로 재현되었다.

4

박남인은 문단의 누구누구를 사사師事하며 만들어진 시인이 아니라 생래적으로 타고난 시인이었다. 물론 그를 시인의 길로 이끈 것은 다른 무엇도 아닌 진도의 바다와 들

녘과 사람들이었다. 그는 아버지와 어머니 그리고 형들과
누이동생과 아내와 아들과 함께 이룬 삶의 숱한 곡절들을
진도라는 섬을 배경으로 씨줄과 날줄로 아주 촘촘하게 엮
어 놓는다. 또한 자신의 곁을 스쳐 간 사람들과 현재 만나
고 있는 사람들, 지금도 자신의 눈앞에서 출렁이는 바다
를 놓치는 법이 없다. 그 촘촘하게 직조織造된 이야기 속에
진도의 고난 많은 역사와 진도 사람들의 순탄치 않은 삶을
그려 놓는다.

　그렇다고 그의 시 속에서 성급한 분노와 한탄과 애도는
쉽게 눈에 띄지 않는다. 그것은 그의 시가 매우 절제되어
있어서 그러기도 하지만 진도의 아름다운 풍광이 그의 시
편들을 적절한 균형으로 제어해 주기 때문인 것 같다. 어
릴 때부터 옥주극장에 들락거리면서 영화를 많이 본 덕분
일까. 아주 심각한 얘기를 한다 싶으면 짐짓 딴청을 부리
며 나무들과 꽃들과 별들과 바다를 보여 준다. 그 뒤에 자
신이 하고 싶은 얘기는 배경으로 처리해 버린다. 영화 용
어로 말하자면 롱컷으로 처리해 독자에게 여운이나 잔상殘
像을 오래 느끼도록 하는 것이다.

　　봉화산 어깨 위에 사는
　　사월의 산철쭉 향기를 사고 싶다
　　속저고리로 두른 신우대 바람
　　그 속에 살던 젊은 숯쟁이들

푸른 꿈들을 사고 싶다

먹바위 드러누우면

운림산방 연못 기웃거리는

학정봉 흰 구름도 사고 싶다

두릅나무 벙구나무 찾아 헤매던

가뿐 발걸음을 사고 싶다

버들가지 흔들며 찾아

빈집 마당 민들레

반 고흐 아를르의 별무리

몸 낮춰 흐르는 물소리 건너

수선화는 다 지고

어두운 기억들과 욕망

사고파는 속절없는 세상에

주인 없는 그 봄을 사고 싶다

─「어머니」 전문

이 한 편의 빼어나게 아름다운 시는 시인이 돌아가신 어머니를 그리워하는 사모곡思母曲이다. 그런데 어머니라는 단어는 제목을 제외하고는 어디에서도 보이지 않는다. 어머니는 이미 이 세상에 계시지 않고 기억으로만 존재하기 때문에 어머니를 환기하거나 추억할 수 있는 것들을 "사고 싶다"고 한 것이다. 그래서 '사월의 산철쭉 향기', '젊은 숯쟁이들 푸른 꿈들', '학정봉 흰 구름', '벙구나무 찾아 헤매던 가쁜 발걸음', '주인 없는 그 봄' 들은 시인이 그리워하는 어머니 바로 당신이거나 아니면 어머니를 환기해 주는 소재들인 것이다. 시인에게 어머니는 봄 그 자체였을 것이다. "주인 없는 그 봄을 사고 싶다"라고 담담하게 말하고 있는 것 같지만 그 앞에서 산과 들과 빈집 마당에서 분주했던 어머니의 모습을 다 보여 주었기 때문에 시인은 울지 않아도 독자들은 울게 만드는 것이다.

> 태풍이 지나가면 전기가 자주 나갔다
> 사람들도 겨울이 오기 전 섬을 떠나갔다
>
> 양아들로 출가한 스님은 해마다 초겨울이면
> 달력 한 보따리를 들고 와 늙은 어머니께 안겨 주었다
>
> 낚시를 즐겨하던 전도사는 발동기배를 타고
> 면 소재지 장에 간 호미허리 자매들을 실어 날랐다
>
> 샘물이 마르고 미역줄기가 담을 넘는다
> 벙구나무 잎이 성하면 칠산 간 남정들이 돌아왔다
>
> ─「관사도 1」 부분

「관사도 1」이라는 시를 읽으면 관사도라는 섬의 외로움과 적막감이 먼저 다가온다. "전기가 자주 나갔"고, "사람

들도…섬을 떠나갔"기 때문에 아마도 섬은 텅 비었을 것이다. 그 적막한 섬의 풍경을 배경으로 박남인의 시선은 끊임없이 사람들을 향한다. '출가한 스님'과 '낚시를 즐겨하던 전도사'와 '칠산 간 남정들'이 그들이다. 시인 백석이 고향을 떠나 만주땅을 유랑하면서 고향을 그리워했다면 그는 자신의 고향 진도에서 사람들을 그리워하고 있는 것이다. 이것은 현재 한국의 농어촌이 처해 있는 상황을 역설적으로 보여 주고 있는 것인데 박남인은 각 연을 끝내는 서술어의 종결어미를 전부 평서형종결어미인 '-다'로 마감함으로써 시인 자신의 감정개입을 철저히 차단한 채 현실의 모습을 지극히 객관적이고 절제된 모습으로 보여 주고 있다.

(전략)

아이들은 모두 아홉 명

밤이면 별빛의 세례를 받는 성스러운 침례교회

전도사와 진료소장 아내와 교사와 경찰관 출장소

출입항 선박 신고담당 어촌계장

대마도와 소마도가 눈앞에 떠다니고

볼뫼라 불렸다는 관매도는

그저 풍란처럼 하얀 안개로 다가올 뿐

가끔 외병도 바다에서 시체와

멧돼지와 구렁이가 떠내려오지만

은혜로운 햇살과 물살과 갯닭이 돌미역

참 복 많은 나는 선착장 노두에

뜰낚시 찌처럼 건들건들거리다가

오후엔 진료가방을 메고 막대기로 풀을 흔들며

반 오 리 산길을 넘어 출장 진료를 다녔다

아내가 마을 회관에서 관절염 약과

주사를 놓는 동안

갯고둥과 돌기 톳나물 안주로

동네 노총각들과 소주를 마셨다

(중략)

겨울밤 전기가 나가면 적막강산

보일러 순환 모터를 사러 읍내까지 다녀와

서투른 솜씨로 교체도 해 봤다

나는 심부름꾼이었다 술꾼이었다

밥상까지 모래바람이 들락거리고

가장 성스러운 곳 구원의 손길이 닿는

교회와 보건 진료소가 은혜로운 섬

바지락같이 작은 무덤들

제삿날이 똑같은 집이 수두룩하고

(후략)

─ 「관사도 2」 부분

이 시엔 진도에서도 또 외딴 섬으로 떠나 그 섬의 보건 진료소장 일을 하는 아내와 살고 있는 시인의 모습이 생생히 그려져 있다. 아내가 자신의 본업을 수행하는 동안 시인은 "갯고둥과 돌기 톳나물 안주로/동네 노총각들과 소주를 마"시며 놀고 있다. 그런데 시인이 정말 그랬는지는 모르겠지만 자신의 처지를 비관하지도 않을뿐더러 아내에게 별로 미안해 하지도 않는 것 같다. 오히려 "참 복 많은 나는 선착장 노두에/뜰낚시 찌처럼 건들건들거리"며 '노는' 정도가 아니라 거의 '유유자적'하고 있다. 이 정도면 현재의 여성들에게는 거의 이혼대상이 되는 것 아닌가.

시인은 "나는 심부름꾼이었다 술꾼이었다"라고 고백을 털어놓으며 자신의 이런 삶이 실은 쉬운 것만은 아니라고 말하는 것도 같다. 그가 내 친구이니 그런 천사 같은 여성을 아내로 만나서 천만다행이라고 말하고 싶지는 않다. 나는 박남인이 그렇게 천하태평이어서 박남인답다고 말하고 싶다. 그래도 공짜밥은 먹고 싶지 않아서 "가장 성스러운 곳 구원의 손길이 닿는/교회와 보건 진료소가 은혜로운 섬/바지락같이 작은 무덤들/제삿날이 똑같은 집이 수두룩하고"처럼 그 적막한 섬에 생명력과 같은 가치를 부여하고, 섬이 갖는 생래적 비극성까지 말하고 있지 않은가.

어찌 보면 백석의 그 유명한 시 「남신의주 유동 박시봉방」이라는 시에서 시적자아가 처하고 있는 상황과 똑같기도 하고 정반대이기도 한 것 같다. "어느 사이에 나는 아내도 없어지고 또/아내와 같이 살던 집도 없어지고/그리고 살뜰한 부모며 동생들과도 멀리 떨어져서/그 어느 바람 세인 쓸쓸한 거리 끝에 헤매이었다 (중략) 또 문밖에 나가지도 않고 자리에 누워서/머리에 손깍지 베개를 하고 굴리도 하면서/나는 내 슬픔이며 어리석음이며를 소처럼 연하여 쌔김질하는 것이었다 (중략) 어느 먼 산 뒷옆에 바우 섶에 따로 외로이 서서/어두워 오는데 하이야니 눈을 맞을, 그 마른 잎새에는,/쌀랑쌀랑 소리도 나며 눈을 맞을/그 드물다는 굳고 정한 갈매나무라는 나무를 생각하는 것이었다"

백석의 시에서 시적자아가 겪고 있는 외로움은 외부와의 단절 때문이지만, 박남인의 그것은 섬이 자리한 물리적 단절 때문에 발생하는 것이다. 둘 다의 시에서 외로움이 진하게 깔린다는 점에서는 같지만 백석은 매우 심리적인 연유에서 발생한 것이며 박남인은 다분히 공간적인 연유에서 발생하는 것이라는 점에서 다르다. 또한 백석은 "문밖에 나가지도 않"으며 자책하며 괴로워하지만 박남인은 "오후엔 진료가방을 메고 막대기로 풀을 흔들며" 전혀 괴로워하지 않을뿐더러 '천진스럽게' 잘 놀고 있는 모습을 보여 준다.

여기서 백석을 끌어오면 누군가 나를 핀잔할 것도 같다. 하지만 나는 모든 시인이 같을 필요는 없다는 말을 하고 싶은 것이다. 백석은 백석대로, 김소월은 김소월대로, 김수영은 김수영대로, 박남인은 박남인대로 '놀면' 되고 자기가 노는 만큼 시를 쓰게 될 것이다. 나는 박남인의 어쩌면 아이 같다고 할까, 천의무봉하다고 할까 하는 성정이 그의 시편들에 풍성한 세례를 내렸다고 생각한다.

이러한 성정이 갖는 제일 큰 특징이 정직성과 끈기인 것 같다. 그 정직성과 끈기는 치열한 자기단련의 결과로 만들어진 것이 아니라 그냥 타고난 것이니 어쩔 수 없는 것이다. 그의 시에는 쓸데없는 괴로움 같은 것이 없다. 자신이 하고 있는 현재의 얼굴과 마음을 날것 그대로 드러내므로 작위적이지 않고 매우 정직하다. 또한 누가 뭐라 해도 나는 내 방식 이대로 살 것이니 그 자리에 오래 남는 끈기를 보여 주기도 하는 것이다. 요즘 세상의 어떤 남자가 자신은 특별한 일도 없이 아내의 진료가방을 메고 아내를 수행하고 다닐 것인가.

나는 시인 박남인이 이 세상에 다시 태어나도 진도 사람으로, 평생 뚜렷한 직장도 없는 사람으로, 술과 시와 사람들을 좋아하며, 그러한 삶을 심하게 타박하지 않는 한 여자의 지아비로 태어날 것을 믿는다. 그 믿음은 그가 그러한 삶의 모습을 또렷이 나에게 각인시킨 결과물이다.

현대의 사람들은 성취의 노예들처럼 살아가는 경우가 많다. 무엇인가를 이루지 못하면 쉽게 절망의 구렁텅이에 빠지고 만다. 물론 중요한 일이다. 뭔가를 성취해 내야만 새로운 목표를 향해 인생을 진전시킬 수 있을 테니까. 하지만 그 성취라는 것이 물적 욕망이 대부분 아닌가. 돈도 많이 벌어야 하고, 높은 지위에 올라야 하는 것들이 아닌가.

박남인은 그런 외적 조건들에 구애받지 않고 살아왔다. 진도 사람으로서, 시인으로서, 진도를 먼저 살다 간 사람들의 아들로서, 한 여자의 지아비로서…. 내가 볼 때 그는 그런 역할을 충실히 해냈고 또한 진도의 아들로서 고통과 혜택을 충분히 받았다. 이번에 펴내는 시집은 그의 그런 삶의 이력들을 충실히 담아낸 결과물이라 할 수 있다. 한마디로 진도에 부는 바람에 대한 헌사獻辭인 것이다.

몽유진도 夢遊珍島

초판1쇄 펴낸 날 ｜ 2020년 5월 8일
초판2쇄 펴낸 날 ｜ 2020년 10월 16일

지은이 ｜ 박남인
펴낸이 ｜ 송광룡
펴낸곳 ｜ 문학들
등록 ｜ 2005년 8월 24일 제2005 1–2호
주소 ｜ 61489 광주광역시 동구 천변우로 487(학동) 2층
전화 ｜ 062-651-6968
팩스 ｜ 062-651-9690
전자우편 ｜ munhakdle@hanmail.net
블로그 ｜ blog.naver.com/munhakdlesimmian

ⓒ 박남인 2020
ISBN 979-11-86530-87-0 03810